9 非虚构

Im Restaurant

Eine Geschichte aus dem Bauch der Moderne

知识分子与"现代之腹"的养成

Christoph Ribbat
〔德〕克里斯托夫·里巴特 著
叶瑶 译

人民文学出版社

著作权合同登记号:01-2023-1889

Copyright © Suhrkamp Verlag Berlin 2016
All rights reserved by and controlled through Suhrkamp Verlag Berlin.
Simplified Chinese edition copyright © 2023 Shanghai Readers' Culture Co., Ltd.
All rights reserved.

图书在版编目(CIP)数据

在餐馆里:知识分子与"现代之腹"的养成/(德)克里斯托夫·里巴特著;叶瑶译. — 北京:人民文学出版社,2023
(99 非虚构)
ISBN 978-7-02-018038-7

Ⅰ.①在⋯ Ⅱ.①克⋯ ②叶⋯ Ⅲ.①纪实文学-德国-现代 Ⅳ.①I516.55

中国国家版本馆 CIP 数据核字(2023)第 104000 号

| 责任编辑 | 卜艳冰　骆玉龙 |
| 装帧设计 | 钱　珺 |

出版发行	人民文学出版社
社　　址	北京市朝内大街 166 号
邮政编码	100705

| 印　　制 | 山东临沂新华印刷物流集团有限责任公司 |
| 经　　销 | 全国新华书店等 |

字　　数	166 千字
开　　本	890 毫米×1240 毫米　1/32
印　　张	8
版　　次	2023 年 6 月北京第 1 版
印　　次	2023 年 6 月第 1 次印刷

| 书　　号 | 978-7-02-018038-7 |
| 定　　价 | 50.00 元 |

如有印装质量问题,请与本社图书销售中心调换。电话:010-65233595

目 录

1. 开张年代 001
2. 战后饥荒 053
3. 进入当下 111
4. 阐释餐馆 165

注 释 189

1. 开张年代

穿过芝加哥，穿过人群，弗朗西丝奔走不止。她要找份女招待员的工作。她的耳边响彻有轨电车的急刹声、某个警察尖利的警哨声、高架桥上的如雷车声。她三十七岁，原本是老师，最早在一所仅有一间教室的乡村学校教书。学校离密歇根州的圣克莱尔县不远，靠近加拿大边境。她在底特律的市郊、芝加哥的市郊都待过，后来到了蒙大拿州的大瀑布城，此城因瀑布闻名。她跟威廉结了婚，不再教书。再后来大瀑布城的经济垮了。他们搬回芝加哥。威廉紧接着患了不治之症。穿着她那身破旧的黑色衣裙，弗朗西丝奋力挤过人群，挤进昏暗狭窄的范布伦街。她在《芝加哥每日新闻》上看到了一则招工启事。这会儿她就站在招工的餐馆前。透过玻璃，她打量着铺着桌布的光鲜餐桌，优雅进餐的小姐先生,手端盘子、腰系白围裙的女服务员。弗朗西丝踌躇不定。她要不要进去呢?事后她写道,她的心脏跳得飞快,几乎不能喘气。但她仍旧走了进去,向雪茄柜台后的男子问道,他们这儿要不要女招待员。要,他说。他们要人,不过昨天他们已经招到一个。好吧,弗朗西丝说。她飞一般地逃回街上,逃进1917年的喧嚣中[1]。

京城的一众餐馆名声远扬。这里的鱼跟海鲜做得极好,还有牛肉、鸡鸭和面条。菜品很丰富,餐馆不光想让当地老住户吃得满意,也想讨好不久前落户此地的战争避难者。后者的传统与就餐规定近似穆斯林,令菜系更加多样。菜场边上的甜豆浆值得一尝,宋嫂的鱼汤和羊肉饭也好吃得很,寿慈宫前有放进炭灰里烤的猪肉,猫儿桥边魏大刀的炒肉亦是一绝,还有五间楼里周老五的蜜饯真是美味无比。这些记录来自一位美食家,他在1275年记下了杭州——南宋时期中国的京城[2]——这一幕令人难忘的美食景象。

欧洲餐馆的历史开始于人们不再受饿,或者说,假装不饿。1760年前后,巴黎到处都是吃不饱饭的人,在酒馆、客店吃得肠肥肚圆并不受当时精英的推崇。任凭哪个精英对自己的名声都很敏感。他们胃口不大,吃得很少,却愿为此花大把大把的时间。高贵的客人被装修豪华的新式饭馆所吸引。这些饭馆墙上挂着巨大的镜子,能供人自我观赏或为他人赞叹。精美的陶瓷碟中盛着热气腾腾的"精制"肉汤,这肉汤给这些新式饭馆赋予了新的名称①。用家禽、野味或牛犊肉作基料熬成的肉汤,将使那些无法消化其他食物的人重获精力。

然而,给餐馆带来成功的并非肉汤,而是对个体及其愿望的关注。与酒馆不同,这儿的客人无需跟所有可能的陌生人共享一条长桌。客人有单独的桌子。他们可以自行挑选吃饭的时间。他们用菜单点餐。[3]法国大革命后,国民议会议员从全国各省涌入巴黎。他们一同进餐馆吃饭,巴黎人于是跟风学样。没多久,顶着同样时髦新名字的饭馆便开得到处都是,不过价格更实惠,比餐馆原型更少些贵气。革命年代,行会制度开始松动。开餐馆越发自由,可以满足顾客的不同愿望。打一开始,服务对于餐馆的成功即有着深重的意义。这一点至少得到启蒙主义者狄德罗的认同。1767年,他在一家餐馆就餐后,大加赞美它的肉汤、冰水以及美味的精制米饭。[4]

遭到拒绝后,弗朗西丝站在范布伦街上,对着餐馆里光鲜的餐桌、整洁的女招待员,甚至感到瞬间的轻松。不过还得继续,

---

① "精制"的德语原文为restaurativ,与"餐馆"(Restaurant)同出一源。——译者注(本书脚注均系译者注,尾注为原作者注,后文恕不另作说明)

去下一家在《芝加哥每日新闻》上登告示的餐馆。她不过是芝加哥争抢工作岗位的妇女大军中的一员。她常常思考这群妇女。每天早上，她们如潮水般从市郊涌入市中心。她们有的金发、有的褐发，多数人年纪轻轻，有些人已届中年，浓妆短裙、扮成年轻模样，更有一些完全老矣，不再试图假装年轻。一支妇女之军：女秘书、女美发师、纺织女工、农民之女以及工人之女。她们是廉价劳动力，因为她们是女的，毫无在大城市里生活工作的经验。最常见的女性劳动者服务于饭馆的大玻璃窗内：在芝加哥成千上万的餐馆中。[5]她想成为她们中的一员。

弗朗西丝继续前往下一家餐馆。这家餐馆的雪茄柜台旁站着一个女人。她把弗朗西丝指给一个年轻男子，男子让她去后屋找一位先生，即经理，他正在整理围裙与罩衣。她问他是否需要招待员。他问她有没有当过招待员。她说了谎，回答有。他问她腿脚是否利索。她问他难不成她还给人别样的印象。然后另一个年轻男子领她穿过一处狭窄楼梯，来到一间潮湿的、臭气难闻的地下室里。十个年轻女子正在此处更换衣服，嘴上抹口红，脸上打胭脂，鼻上擦粉，相互间把化妆品扔来传去，口中同时骂骂咧咧，透着某种弗朗西丝闻所未闻的粗野。没人注意她。有个相对安静的姑娘帮她穿上了制服。弗朗西丝这下也成了女招待员，不过她有个秘密。

★

表面看来，早期的巴黎餐馆近似于咖啡馆，是市民公共空间的孕育之所。人们在此聚集。他们讨论、争吵。餐馆内的一切迥异于教堂或朝堂，迥异于精英沙龙、学术协会或学者团体。每个人，只要有能力支付酒水饭钱，都可以进门。每个人都可以加入谈话。报纸任凭取阅，为犹豫不决的人提供意见。没有权威能够肆意插手，终止分歧，定规立矩。

争吵总是难免，但至少可以假设一番，理性突然在某一刻获得了胜利，争吵得出了结论。[6]

但是餐馆不同于咖啡馆。人们并非为了与人争论而来，也不是为了看报纸。人们来此是为了放松或者为了展示其感性。人们坐在桌边，按个人的喜好做出选择，比起伟大的政治整体，这无关紧要：无非是鸡鸭汤、野味汤或者小牛肉汤之间的取舍。人们在此寻求公共性与私密性的混合，其实更偏向于私密性。巴黎咖啡馆提供巨大、开阔的空间。餐馆则设置了隔间、包间，客人们成双结群地缩身入内。供选择的还有特定包厢，可容人们密谈或者做些浪漫以至情爱之事。[7]餐馆不是开展激烈的市民公共讨论之所。重要的是：男人与女人在这里并肩现身。[8]这一幕极不寻常——至少对于1800年左右的非法国人而言，他们讲起这一幕无不目瞪口呆。[9]

弗朗西丝·多诺万隐瞒同事的是：她之所以想当女招待员，是为了研究，而非因为需要钱。这与得绝症的威廉亦有关系。当她清楚看到自己未来将会孤老终生时，便做了再读一个学位的决定。她在芝加哥大学主修英语语言文学专业，同时修习社会学系的课程。

正是这一时期，日后闻名世界的芝加哥社会学派逐渐成型。[10]弗朗西丝恰逢其时。教授们要求学生把大城市当实验室来用。他们应当研究城市生活的棱棱角角：从移民到家庭生活及至青少年犯罪。[11]他们应当阐明，新到芝加哥的人是如何适应城市或者被城市打败的。对这个时期的芝加哥社会学派而言，方法上的反思倒不重要，他们更看重摆脱科学的仪式特征。他们的目标在于经历、观察、记录，直截了当，无所顾虑。[12]

这些想法给弗朗西丝·多诺万留下了深刻印象，她立志要成为社会学家。仅凭一己之力，没有委托、没有职位、没有研究资金，她就放手开干了。在簇新而混乱的芝加哥城，她觉得没有比女招待员更有趣的人物。1917年，弗朗西丝加入服务员大军。一年后，1918年，威廉死于不治之症。又过了两年，1920年，波士顿一家出版社出版了一本书：《当招待员的女性》，这是关于现代女性招待员的第一本学术研究——由弗朗西丝·多诺万撰写。

没多久，十八世纪后期的巴黎餐馆中弥漫的气味便远远不止牛肉汤味了。小鸡与通心粉、糖煮水果与奶油、鸡蛋与果酱纷纷登场。[13]韦里兄弟的餐馆专做牡蛎。哈代咖啡馆主打烧烤。"普罗旺斯三兄弟"专攻南部法国风味，将鱼汤引入巴黎，用橄榄油代替乳油烹调。十九世纪早期，新型饭馆模式得以确立，虽说仅在巴黎一地，在法国其他地方则几不可见。[14]美食评论的时代随之而起：亚历山大·巴尔萨泽·劳伦特·格里莫·德拉瑞尼尔出版了《老饕年鉴》，该册子在十九世纪头十年按期出版。格里莫获得了巨大成功。虽说早前亦有作家讨论饮食，但一心关注烹饪，旨在描绘一个似乎单单由食客与厨师组成的世界，这种情况却是全新的。

格里莫把老饕塑造成一个艺术人物。他在巴黎的大街小巷游荡，观察橱窗内的甜品，玩味煎肉的香气。他视雏欧鸽为美味，把名叫鲁热的甜点师比作剧作家拉辛，盛赞瑟赫洛特做的黄油以及科拉萨餐馆和"意大利杂志"餐馆的通心粉。作为典型的巴黎人，他称顶级的肉虽然产自普瓦图或奥弗涅大区，但其真正的滋味必待进入首都后方得以发挥。他的眼中没有乏味之物。甚至如何去除桌布上的污渍，他在年鉴里亦有描写。他遍访餐馆，逐一评价，并声称仅需一句话便可令一家餐馆名声扫地。格里莫为后牛肉汤时代的餐馆带来了一类新型顾客。老饕的胃不再过分敏感或脆弱。如今的食客，不但口味极为讲究，也无比健康与强壮。[15]

格里莫、卡雷姆以及布里亚-萨瓦兰之类作家的贡献在于，从进食这一身体行为中发现一种美感的、睿智的实践。[16]他们的读者好奇于美味享受的源源不断。十九世纪的两个社会领域相互孕育：餐饮与日益扩张的巴黎媒体世界。法国菜之为法国菜，开始于它被反复地讲述。[17]

然而，就算热情的年鉴读者进餐馆后有着大到无边的好奇心，厨房依旧向他们关闭。只有招待员可在顾客区与备菜区之间往来穿梭。对所有其他人员而言，光鲜亮丽的美味享受空间与蒸气缭绕的制作空间有着分明的界限。这即是餐馆的成功之处。它制造幻象，就如韦里兄弟的做法一样。他们的餐馆因牡蛎而闻名，他们把餐馆叫作"韦里之家"，使人觉得身处其间宛若在自己家中一般。但事实并非如此。

这个事实不是所有顾客都能认清。1839年，在韦富尔餐厅，前步兵军官阿方索·罗贝尔用酒瓶打碎了一面镜子，只因招待员不让他赊账。这是非常昂贵又极具象征性的一幕。它引发了一场广受关注的诉讼。伴随着那一甩手，罗贝尔摧毁了韦富尔餐厅营造出来的高雅、悠闲的幻象。而当招待员在就餐结束时递上账单，同样摧毁了各种幻想。就算吃饭可以精彩纷呈，员工与顾客之间的界限却不可逾越。[18]

弗朗西丝·多诺万穿上制服，加入了女招待员的行列。一个金发的女同事负责教她。五把凳子，挨着一张长桌，靠餐厅前部，这是她的责任区。她排到午班，十一点半到两点半。先给客人一杯水、一套餐具、一面餐巾，而后请他点餐。等客人点的东西上齐后，则在一张卡片上打孔。如他继续点餐，则在卡上继续打孔。第一位客人已经到了。他要"火腿黑麦面包"和咖啡。咖啡有。可她去哪儿要夹了火腿的黑麦面包？弗朗西丝低声问一个穿白大褂的同事。那后面，他说，你得喊。他帮她喊了一声。接着三明治出现了。这下都清楚了。她喊着要三明治，知道了管哪儿要咖啡，管哪儿要牛奶，哪儿要甜甜圈、点心。然后有个客人点了"特制烤牛肉"。火腿黑麦面包那儿没这道菜。在加工间，另一个招待员说。哪儿是加工间？后面。她急急跑去。加工间里的厨师们汗流浃背，面前有一帮女招待员在叫嚷。"特制烤牛肉"配着土豆泥和一小团意大利面，斜眼看人的胖厨师切着烤牛肉，告诉她要收三十美分。回到餐桌。有个人要"热鲜奶吐司"。弗兰西丝朝加工间喊了声"热鲜奶吐司"，但胖厨师说"热鲜奶吐司"不在加工间，而在清洗间。不在这后面，在前面。好吧，赶紧跑去前面。弗兰西丝朝清洗间喊了声"热鲜奶吐司"。对头。就这么往返来回，从清洗间到餐桌，从餐桌到加工间再折回，餐巾、餐具、白水、咖啡，中间还有个戴红领带的客人，色色地打量她，想跟她搭讪。她不想跟他说话，完全不想。女同事们处处帮她。她们教她把吃剩的黄油与面包收起来，留给自己，找不到干净杯子时就拿个脏的，不过做这些的时候一定别让人看见。

第二天来了又走。到了第三天，开工前，女招待员在更衣室聊男人。一个姑娘拉高裙子，让其他人看她的白丝袜和黄色吊袜丝带，那是她从房东那里偷来的，神不知鬼不觉。紧接着又开始午间的忙碌。男人们来来往往，大部分点的都是肉、咖啡和点心。有时候会来个相貌英俊、穿着有品的，点份奶油卷或者巧克力奶油圈。旋转门从不停歇，客人们推门进来，又推门出去，女招待员上餐，做清洁，跑去清洗间，跑去加工间，找餐巾、水、餐具，一遍又一遍。经理甩着一块布赶她们，催促她们。女招待员喊着"借过、借过",从拥挤中开出一条路来。而后到了第四天,弗朗西丝负责的餐桌来了一位先生,点了面包、黄油、桃子丁和黑咖啡。弗朗西丝把东西端上餐。经理朝着她喊,该给客人上咖啡伴奶。弗朗西丝说客人没要咖啡伴奶,经理说即便如此也该给客人上咖啡伴奶。她再次说客人没要咖啡伴奶,客人自己也对经理说,他不要咖啡伴奶。客人吃完走了。经理跟弗朗西丝说,她不该跟他还嘴。弗朗西丝又一次还嘴。然后经理就解雇了她。她得把围裙交给他。立刻马上。她把围裙解了下来,塞到他手里。她回到地下室,换了衣服。同事们给她打气,跟她说找个新工作毫无问题。她们抚着她的手臂,恭维她的漂亮腰身,这副腰身每天都引她们注目,恭维她的棕色眼睛,那么美——弗朗西丝几近迸泪。[19]

★

十九世纪五十年代早期,有个叫斯潘塞的男子在密西西比河上开了家餐馆。餐馆在一条船上,停在伊利诺伊州开罗镇前,处于俄亥俄河与密西西比河交汇的地方。此地是南方与北方、蓄奴诸州与自由联邦的分界线。要再等十年,内战才会使这个世界翻天覆地。

斯潘塞是非洲裔美国人。他是自由人,而非奴隶。他是个商人。他的厨艺无与伦比。一个同时代的观察家将他的天分称为"他所属种族的天性之一"。斯潘塞把他的饭馆叫作"餐管",可能是个笔误,也可能标示着1854年的伊利诺伊州开罗镇与巴黎远隔万里。[20]

密西西比河是美国这一区域的交通要道，对于河上的旅者而言，斯潘塞的船上餐馆是个秘密好去处。但此地开餐馆的白人可没么高兴。他们认为斯潘塞是不受欢迎的竞争者。他们耍了个诡计，把他卷入了一场官司。他需去治安官那里报到。他虽然现身，却随身带着一捆炸药和一把手枪。他明确表态，事情若不按他的意思办，他就朝炸药开枪。治安官被这自杀威胁吓到，放他走了。开罗镇的白人跑到岸边斯潘塞的船前，想毁掉他的餐馆，把他赶走。

斯潘塞掏出武器射击。他打中十一人，打死三人。人群攻上了船，放了把火，砍断了缆绳。当船顺流而下之时，斯潘塞出现在船顶上，一只手里攥着灶台的一个部件——灶台是其餐馆的核心之物。他把金属烤箱系在一根麻绳上，另一端绕着自己的脖子。他再一次朝岸上的人们大骂表示他的鄙夷，而后跳进水里。烤箱拉着他沉入水底。

光是餐馆的名字就值得一书。巴黎最早的餐馆之一叫"伦敦大酒店"，图的是利用有些法国人对英国的推崇，从中挣钱。[21]在地球的另一端，悉尼最早的餐馆悉数取名"普罗旺斯三兄弟"或"巴黎咖啡餐馆"，如此这般，至少在吃饭这段时间内，客人们宛若身处美食之都。[22]

菜单，亦属一种文本，具有核心作用。1898年，饭店经理尤里乌斯·贝伦多夫明确规定了对菜单的处理方式。他建议把菜单一直置于餐桌上，而等招待员"从口袋里掏出菜单"，被他视作"不宜之至"。以一种模糊的持平之调，贝伦多夫建议菜单"既不可过于详尽，但也不可过于简短"。他的建议简单明了，即注重文本与实际之间的关联。若"菜单每日不显得干净崭新"，会留下"糟糕印象"。每位客人都会推断，"菜也是早前剩下来的"。[23]

不过文本也会从餐馆脱身而逃。在"戴尔莫尼科"——纽约最受瞩目的餐厅，大厨可以变成出色的作家。瑞士人阿莱桑德罗·菲利皮尼，在该餐厅先做厨师后当经理，1890年退休后，他以自己的菜谱为基础出版了一本标题为《如何购买食品、烹调与上菜》的手册。[24] 法国人夏尔·瑞奥弗更是超出菲利皮尼一头。他在1894年出版的《美食主义》成了丰碑一般的烹饪书。书中的描写细致入微，被他有些泄气的后任利奥波特·里默认为是出卖了"戴尔莫尼科"厨房内的"所有秘密"。[25]

在餐馆的家乡，米其林轮胎公司要到1900年才首次出版烹饪指南，更别提星级评鉴这种事。决定吃啥前，必得先看书。作家们也学会把巴黎的餐饮场所设为故事背景。[26] 埃米尔·左拉于1873年出版的小说《巴黎之腹》是一部关于病态食客的标准之作，它把市场描述成了时而香飘四溢、时而臭气熏天的大城市中心。待到世纪之交，小说和戏剧在餐馆里上演，游记里记的是菜肴、装潢和轰动事件。只有极少数人有能力负担这些精致非凡的餐馆。但恰如瑞贝卡·斯邦所言，他们处于"所有人的注视与想象之中"。[27]

★

弗朗西丝·多诺万没有放弃。她又开始找工作,从一家餐馆到另一家,不断地遭到拒绝。最后她终于找到一份工。可第二天她拉错了厨房的门,跟另一个女招待员撞到了一起。一只托盘在地上摔个粉碎。她被辞退了。又继续找。她在一家新潮的"映射咖啡馆"找到个位置。那儿到处是镜子,挂满了天花板、墙壁、房间中央的梁柱。餐桌是用玻璃做的,椅子刷白,灯光刺眼。弗朗西丝把汤洒在了一位客人的帽子上。五天后她被解雇。

九个月有余,弗朗西丝·多诺万在十五家不同的餐馆打工。她一再受到解雇。要么因为她顶嘴,要么因为她承认自己不是称职的招待员。[28] 就这样,她摸清了芝加哥所有可能的餐馆类型。那家是廉价店(hash house),昼夜经营,男人们一会儿即可填饱肚皮。那家是茶室(tea room),干净,迷人,供应沙拉和三明治,招待女士以及举止端庄的生意人。再好点儿的餐馆在芝加哥都管自己叫"咖啡馆"(café),但多诺万觉得差别不大。没有哪个客人——就算再怎么高贵优雅——会注意是谁在准备食物。她说:那是大城市里所能找到的"最底层的人"。厨师则被她看作"浮渣"。[29] 而且她知道,她说,漂亮的"海登广场咖啡馆"的厨房表面上看着相当洁净,夜里却有猫般大的老鼠来串门。母老鼠带着鼠仔们,在肮脏的碟子上漫步,寻找美味。[30]

★

　　冷掉的煎肉和面包,一锡杯啤酒:如果你去十九世纪末的伦敦吃饭,这就是全部东西。在"猪排屋"(chop house),人们就点这些东西,这是种古老的不列颠风俗。或者趁午休时迅速地买份面包和牛奶。但这种风俗在1900年之际遭到了从巴黎进口的新风俗的威胁。不断增长的游客、办公室商务职员、剧场演员与观众,他们想要的比冷面包更多。餐馆变得比传统饭馆更加高级,或曰更具异国情调,或者兼而有之。

　　事情由此变得有趣与复杂。伦敦的新式餐馆是法国人、意大利人或者瑞士人开的。招待员大多来自意大利、波兰或德国。德国人多到组成了一个德国招待员联盟,在伦敦建了一处装潢精良的工会之家。高级一些的餐馆里,菜单理所当然用法语来写。面对着一个被法语、英语、自家母语以及繁杂特色佳肴弄得晕头转向的外国招待员,英国人吃个饭也变得艰难。有些伦敦人甚至生出一种感觉,他们吃到的意大利菜没那么好吃,更主要的是比意大利人吃到的贵出许多。在外国竞争面前,英国本土招待员四下溃散。很多人跑去了纽约。

　　世界化的餐馆开始兴起。作为帝国的首都,伦敦从殖民地获益。越来越多的餐馆做起了印度菜。印度人站在灶边,浑身散发技能。这给观察者留下了深刻印象。1900年前后,有一家印度小吃店已然非常现代,可以为地铁沿线的人家提供送货上门服务。"尼扎姆·马德拉斯咖喱粉"的制造商聘了一位专业厨师，轮流在每个"旅店、俱乐部或餐馆"教人印度烹饪法。有家意大利餐馆甚至也突然卖起咖喱小牛排（一位评论家赞其具有"别具一格的独特"）。这时的伦敦既可吃到中餐、马来菜，也有希腊糕饼、尼日利亚汤。二十世纪之交，从前的冷面包之都在餐盘上、口味上经历了一场全球化。[31]

1900年前后，美食家可以在宏伟的宫殿式酒店的内部餐厅找到顶级佳肴。[32] 每日两次，这些酒店为成百上千的客人提供餐食：传统法国豪华大餐。1889年"萨沃伊酒店"在伦敦开业，1895年"皇宫酒店"落户瑞士圣莫里茨，1897年汉堡迎来"四季酒店"。来自欧洲与美国的金融精英们在这儿聚头，杯觥交错，惹人注目。无论在伦敦，还是圣莫里茨，这些上层人士吃得总是千篇一律。到哪儿都是鱼子酱和龙虾，到哪儿餐盘里都晃荡着重味酱汁。优雅的高级服务生往法式薄饼上洒酒点火，蓝色的火焰闪闪跳动，甜酒味的烟雾袅袅升起。按照"丽兹酒店"老板娘的说法，这将唤起客人们"恰到好处的尊重感"。[33]

隐身难见、不被尊重的依旧是这些酒店里收入微薄的厨师。他们一天工作十四到十六个钟头。他们中的大多数未到四十岁便死去。罪魁祸首当属体力透支和多半无窗户、不通风的厨房。厨师身上的职业病远多于矿工。他们忍受着慢性缺氧症、肺结核、静脉曲张以及——千真万确地讲——营养不良。[34]

正是在这样的环境下，乔治·奥古斯特·埃斯科菲耶对餐馆的客堂与厨房展开改造。他于 1903 年写就的《烹饪指南》是一部革新之作。[35] 就餐，埃斯科菲耶说，应当重新回到就餐原本的样子。[36] 在那个花里胡哨的时代，他的信条富于创新：一切出现在餐盘上的东西必须当真可以入口。埃斯科菲耶并非烹饪革命者。他不能脱离重味酱汁，但他常常从质朴的法国乡土菜中获取灵感。每道菜的构成应当能够重复，客人亦应当能够辨识出配料。埃斯科菲耶发明了一系列新菜品，命名极具创意。他推出甜点"梅尔芭蜜桃"，把它献给女演员内莉·梅尔芭。内含白松露的"左拉肉汤"是依据同名作家起的名。"珍妮特鸡胸肉"，一道冷盘禽肉，名字源于一艘在极地探险中沉没的轮船。他抱怨没有产权法来保护新开发的烹饪产品。[37]

不过埃斯科菲耶首先是个分工理论家。分工决定烹饪。他的厨房有着严格的职责区分：肉菜、调汁、糕点、冷盘、蔬菜。从前做"梅耶贝尔焗蛋"，单独一个厨师要一刻钟。埃斯科菲耶的厨房则只需几分钟，蔬菜师傅、肉菜师傅和调汁师傅可同时分别准备好鸡蛋、羊腰片和松露汁。[38] 这种经过全新调整的厨房更洁净，通风更好，更敞亮，对在其中工作的人而言亦更安全，而最重要的是更快捷、更有效率。

埃斯科菲耶准确抓住了此类分工之急迫性。二十世纪初的客人时间紧迫。餐馆经营者再不能希冀客人对餐馆的"恰到好处的尊重感"——那时候的服务生还能洒酒煨菜。慢慢地吃饭，精心地备菜，这在二十世纪初已不受关注。现代客人，埃斯科菲耶说，只会"相互注视"，再也无暇看菜。[39] 这一点又被言中，首选去餐馆吃饭的恰恰是那些对吃兴趣寥寥的人。

★

弗朗西丝·多诺万说老鼠，说肮脏，说厨房里的人类"浮渣"，但她真正关注的只有女招待员：从更衣室走出来的姑娘们，穿着偷来的内衣、举止粗俗的诚挚奋斗者。她描绘的年轻女子们，为了得到更多小费，会把婚戒摘下来。她知道，百货商店里的咖啡馆有动作最慢的服务员，而另一些咖啡馆则有最漂亮的，那儿的收入最高，那儿的女招待员穿着最时髦——丝质长筒袜，精致粉色内衣。[40]

弗朗西丝尊重她的同事们，但那些偷她小费或铅笔的除外。尽管如此，她还是保持着研究者的眼光，或者不如说是一个曾是她们一员的女人的眼光：一个年纪较长、有教养、出身上层中产阶级、面对招待员有优越感的女人。她自认更有道德感。她严厉批评服务员除了报纸几乎从不看书——看报纸也主要看时尚消息。她称同事们"愚昧"而"粗俗"。她在笔记里记道，她们其实为自己的工作羞耻，她们渴望在人前雍容雅贵，可糟糕的英语总是出卖她们。"说到女招待员，没多少复杂的事，"她在研究概述里总结道，"她们的行为可以简述为两种基本欲望：饥饿与性饥渴。"[41]

出于这种假设，她仔细打量了同事们的肉体。她在更衣室里观察她们赤裸的上身和鲜嫩的皮肤，脑中思量着这些性爱活跃的年轻女子，有多少人可能患有梅毒。她援引了1915年的统计数据，其中提到芝加哥的女招待员在患有性病的职业群体排行榜上跳升了一大步。[42]

经过九个月不同餐馆的经历，弗朗西丝·多诺万仍旧不能隐藏她的惊叹。"她们常常脏兮兮的，"她在描述女招待时写道，"她们的牙齿有蛀孔，但她们了解生活，对生活没有恐惧，生活对她们而言是巨大的、紧张的、残酷的，却又充满活力、五颜六色。"[43] 对她而言，女服务员就如"自由的灵魂"。[44] 她们走向世界，在世界里奋斗，这一点让多诺万肃然起敬。女招待员全然不同于那些"等待丈夫晚上敲门归家，挂着笑脸快步去迎"的女人。因此，她赞美"这个粗俗放荡的群体所蕴含的令人印象深刻的性情"，并把女招待员看作努力促进全体妇女之自由的女权运动的一部分。[45]

来自科隆的古伊多·阿拉想帮助服务员。餐馆、咖啡馆、酒店都需要外语知识。德国的旅游业也在渐渐兴起，国际商务交往逐步增多。可服务员并没有时间参加语言培训班。他们会些英语，这一点阿拉承认，但其他的世界性语言就一窍不通了。于是，他向他的读者保证，"只要些许勤奋"，他们即可在八天之内学会必要的意大利语和法语。

阿拉的方法简单、直观。不光教书面语，还有口语课程。学过阿拉的课文后，服务员能向客人做出保证："我立刻把前面的菜单拿给您。"他能解释自己的服务："这是您的帽子。"他还能推荐餐馆的招牌菜:要不要尝一尝"蛋黄酱炖牛蹄",要不来份"炸苹果配牛排"或"四分之一烤火鸡配苹果酱"①?面对意大利人,他还可推荐特色菜如"香肠酸菜",而如果他们——"服务员,账单有错。"②——对账单有疑虑,他亦能听懂。法语听起来则不一样:"服务员,"法国人说,"账单有错。"③若有德国服务员能给予回答,那他就是阿拉所想象的"现代服务员"。古伊多·阿拉,科隆市恩菲尔德区的餐饮及语言专家,在第一次世界大战前五年开始他的事业。[46]

他会乐意在这家餐馆死去。他会乐意"毫无抵抗地让人杀掉",因为他在这里感受到一种"无与伦比的幸福感",像变作了另一个人,无忧无虑。置身餐馆,他就完全活在当下,"不再是我祖母的孙子",他说,而是为他与同伴服务的"侍者的兄弟"。他在一种如痴如醉的情状中漂浮。是的,这跟他在此喝了啤酒也有关系,还有香槟与葡萄酒,不过乐队演奏的行军曲、华尔兹、歌剧片段以及舞曲香颂也是原因,还有卢森堡美丽的公主跟他打招呼,和他说了几句动听的话。还有那个瘦长的侍者,让他想起动物园里的金刚鹦鹉,以及其他服务员的"小跑快走",虽急急忙忙,却能稳稳地把巧克力蛋奶酥端

---

① 以上五处原文模仿法语拼读。
② 此处原文模仿意大利语拼读。
③ 此处原文模仿法语拼读。

上餐桌，把煎羊排和煮土豆准确地送到厨房出菜时指定的客人面前。

这是餐馆留给他的最深刻印象：仿佛表面上忙碌的混乱在近距离注视下吐露出一个有序、和谐的世界。在他看来，客人坐在餐桌旁就如行星，绕着餐桌打转的服务员便是卫星，他们端来酒、开胃菜和杯子。服务员持续不停地疾走、转圈，而他从餐馆令人陶醉的组织系统中认出了"眼花缭乱却又秩序井然的转动中所蕴藏的规则性"。

"其他客人"，他说，带给他的"其实是折磨"。他们只想着一同进餐的人，或者想着账单金额，或者想着隔天还得再来一回。他们不觉得餐桌是行星，服务员是卫星。在他们的幻想中，那种"使事物某一角落保持自由"的思索没有一席之地，那种"使日常世界千变万化"的思索同样无处容身。他，马塞尔·普鲁斯特《追忆似水年华》一书中的叙述者，却拥有这种想象力——而且当他跟同伴圣卢一起去里夫贝尔餐厅时，这种想象力尤其强烈。[47]

二十世纪头十年的餐馆要操心的是靠谁立足：精英、贵族不久即已靠边站，而中产阶级占领了餐馆。这一时期的柏林，阿什因格啤酒屋快速扩张，十多家快餐馆分散在整个城市之中。它们供应啤酒香肠和土豆沙拉，还有免费新鲜面包。食物由公司的中央工厂使用工业化方式生产：1904年便已能量产两百万对啤酒香肠。阿什因格公司发明了一种机器，可以同时煮熟 942 只鸡蛋。调料臼有一个电动的捣碎装置。"菠菜绿""酱汁棕"和"虾壳红"等增色剂能给食物的卖相添彩。生产的批量化和饮食的统一化并不一定带来顾客行为的自动化。不过作家罗伯特·瓦尔泽在 1907 年却看到，有人在阿什因格啤酒屋"极为滑稽"地演绎了一番"让时间流逝"：他往面包片上抹棕色芥末，接着喝一口淡啤，又喝一口，还总结道"终究还是人呐"。[48]

纽约的餐馆曾是法国贵族的堡垒，如今的高端餐饮也只不过成为了众多选项之一。1918 年，有位专家统计出五十种不同类型的就餐场所，可供纽约人填饱肚子。[49] 德国人发明的自助餐厅亦位列其中。[50] 早在十九世纪七十年代，美国就涌现出一种价格低廉的新式美味：它不像有些牛排那样嚼不动，而是用切碎后重新压合而成的肉制成，一开始叫作"汉堡牛排"。[51]

以前，事情很清楚，想吃最好吃的，就去豪华酒店。待到二十世纪早期，情况说不准了。到处是餐馆。它们有多好，谁也搞不清。写文章比以前更凸显出其重要作用。欲使人出门，需先令其知。马塞尔·罗夫和莫里斯-埃德蒙·赛兰德穿越了整个法国，只为写出二十八卷本的饮食指南《法国饮食》。他俩作品的成功要感谢国家交通的发展。不过他们与法国国营铁路公司之间亦有合作关系。赛兰德——以笔名"裘诺斯基"著称——常谈及"旅游业与餐饮业的神圣联盟"。他为自己评论过的餐馆设计了一张分类表，厨房可分为"高级"到"布尔乔亚式"再到"地方特色"直至"乡土原味"。依据这张表格，米其林建立了它的星级系统。[52]

自认教养甚好的观察家却认为，所有这些饮食指南用处都不大。1921年，查尔斯·J.罗斯保尔特在《纽约时报》上发文哀叹：真正的美食家早已沦为"失落之族"。他认为餐馆里尽是"野蛮人"。他遇见的其实都是"吃饭时想听爵士"的人。在他看来，大师级的美食之作无迹可寻：消失于"索然无味的食道中"。[53]

《当招待员的女性》于1920年出版。这期间，弗朗西丝·多诺万又重新当起了老师，挣取家用。她在学术圈的位置游离于模糊不清与边缘地带之间。她始终习惯与芝加哥大学的社会学家保持合作。她大概在哈维·佐尔博写作《黄金海岸与贫民窟》一书时向其提供过帮助。此人后来在自己的专业领域内成了影响深远的代表人物。他称她为朋友与同志，她会大方地跟他分享自己的研究成果。专业期刊《调查》发表过一篇关于《当招待员的女性》的书评，其中严厉指出，多诺万赋予了女招待员的性生活过于重要的作用。社会学家保罗·克雷西却引用了多诺万关于女性招待员在工作中使用性策略的观察。他研究的是芝加哥的出租车舞厅，一支舞十美分，女人即可把身体出租给男人。这些做法跟多诺万所描述的女招待员相去不远。

不过没有更多迹象表明，弗朗西丝·多诺万为自己在学术世界中挣得了一席之地。[54]芝加哥大学的学术舞台愈发职业化，研究机构的正式成员与机构外的研究者之间愈发少了联系。此外，女性社会学家在机构中遭到排挤。她们被挤到一个针对社会工作的特别部门，被视作社会工作人员。自1920年起，只有男性可成为社会学家，而这些男人却从事着女性社会学的研究。当时状况就是如此。[55]

弗朗西丝·多诺万，一位女性和女社会学家，没有放弃。她着手下一本书。这次她要研究女性售货员，她管她们叫"销售小姐"。她没有研究资金。学校放暑假时，她离开芝加哥，来到纽约，在商场里打工：梅西百货、博洛铭百货。她花了两个夏天调查，而后开始写书。1928年，该书由芝加哥大学出版社出版，备受好评，还登上了《纽约时报》。

不过事实上，弗朗西丝又再次受到打击。罗伯特·E.帕克，伟大的城市社会学首倡者，早就表明过要为她这本关于女售货员的书撰写导言。可是帕克的贡献与其说是称赞这部精湛之作、这本值得赞美的书，不如说是在贬低它。他接连两次强调多诺万的研究缺少"系统性论述"。他认为该书"主要是私人性的记录"，是"印象主义的、白描式的"。他满怀敬意地引用同事W. I.托马斯及其关于"女性冒险性格"的研究，而对具有冒险精神的女社会学家多诺万，他却说：她虽然具备"直达内核的洞察力"，但对"现下生活中的社会学"没有特别的"兴趣"。[56]

面对这样的侮辱，弗朗西丝·多诺万仍未被击倒。她干脆又写了本书。继女招待员和女售货员之后，这回是关于女教师的研究，它在 1938 年得以出版。[57]

★

约瑟夫·罗特听到金属餐具发出啪啪声，听到水流的滴落声。他走进一个狭长的、充满蒸气的房间，房间里摆着木餐桌，闪烁着"晦暗的白炽灯"，"仿佛即将消散的星辰"。记者罗特走访的是"维也纳首家汤水慈善机构"，并写了报道登在报纸《新日》上。他观察在此吃饭的贫民。他带着一种奇特的、几近荒谬的目光走进他们。

他首先看到的是丑陋。"没有衣领包裹的脖子裸露着，瘦骨嶙峋，"他这么写道，"顶着一颗颗脑袋，好像用矛插着。"他惊讶于他们的耳朵，看上去是"软软的透明状"，他猜测贫民们的"耳朵历来如此纤薄"。他们的鼻子"粗笨得如同没有定型的橡胶团子"。对待他们，"没人用心思"。他看到像长在"长杆上"的眼睛，看到那些眼睛凹陷下去，"仿佛羞于见光"。他注意到男人们的下巴大而方，女人们的则是歪且陡。贫民的手指"患了痛风般筋骨突起"，使他联想到"树根"。当他把所有吃饭的人召集至餐桌边一齐看去，好似看到"一团苍蝇一样阴郁的人"。[58]

约瑟夫·罗特不久前才从加利西亚来到维也纳。二十年代初，他刚刚处于记者生涯的开端，但发展势头迅猛。一年工夫他写了百余篇新闻稿件，从而名声初起。[59] 他喜欢去贫民救济厨房做报道调查，写作则在其他地方完成：多数时间是在山鹑咖啡馆,位于维尔纳的金匠巷子。晚上他会在中央咖啡馆或庄园咖啡馆出入。根据他的自传描述,他在这儿会变作"正儿八经的酒鬼"。虽说他带着醉意也能写[60],但他当作家的目标并非没有止境。他表示,他对"整体的雄伟"没有兴趣,他想要从最细微处揭示现世。[61]

尽可能地喝点儿酒后,罗特描写了"维也纳首家汤水慈善机构的贫民怎么小心谨慎地吃饭"。他的观察细致入微,看到人们"很小心、很小心"地端起汤碗,"哪怕一滴汤也不让洒出来"。罗特还注意到他们从口袋里掏出"锈迹斑斑的"汤匙,用来吃蔬菜、舀汤——或者干脆就着碗喝。"那汤匙,"约瑟夫·罗特作了番深入的联想,"不过是从贫穷文化里飞出来的一个后缀。"[62]

1922年,爱德华·霍珀画了《纽约餐馆》。一对体面的夫妇坐在窗边桌旁,妻子只能看到后背,丈夫则是正脸。这幅画中的空间狭小,充满了人、桌子和装饰植物,最为吸睛的是女招待员的背影。她弯着身子,预备拿起一个托盘。她的背上系着一只大得离谱的白色蝴蝶结。对于事业生涯中的这幅早期餐馆画,艺术家本人说过,他只想呈现一家纽约饭馆午餐时段的"拥挤魅力"。但他希望,"那些很难简简单单去定义的念头"亦可化为他画作的一部分。[63]

霍珀给他的另一幅画取名《自助餐厅》。该画作于1927

年。一个女人身着红裙、绿大衣和黄帽,独自坐在一张圆桌旁,盯着她的咖啡杯。自助餐厅明亮简洁,只有一盘水果聊作装饰:很可能是用蜡做的水果。[64] 两年后,《杂碎》出炉,描绘了中餐馆里两位同坐一桌的女性。她们光彩动人,却形如木偶。[65] 1930 年,借由《女士餐桌》,霍珀再次定格了一家餐馆。画中既无忙碌景象,又无交谈交际。1942 年,他画出了《夜行者》,画中出现了一家简朴的咖啡馆、一名咖啡馆员工以及倚着柜台的两名男子与一名女子。十六年后,他再次回归餐馆主题,画了《咖啡馆的阳光》,一女一男分坐两桌。爱德华·霍珀这幅最后的餐馆画其实只是为了表现光与建筑,咖啡馆里的生活只起配角作用:"拥挤魅力"在此无迹可寻。

　　餐食与饮品几乎总是缺席。不管是早期生活气息浓郁的画作,还是后期平静如水的,一概如是。霍珀的餐馆客人坐在空空的碗前、空空的玻璃杯前、空空的瓷杯前。《自助餐厅》中的水果盘无非是个装饰。《女士餐桌》中可以看到食物,但与画中的客人离得远远的。《纽约餐馆》中男子的手在动,可能想要拿什么东西,或许是拿吃的,被他同伴的背挡住了,不过更有可能的是他正往碟子里放硬币,作为给大蝴蝶结女招待员的小费。

　　画家爱德华·霍珀几乎从不区分自由时间与工作时间。他画的办公室与餐馆相似得令人沮丧,毫无生气。[66] 霍珀的欣赏者把他看作一个现实主义者,但他们得到的——正如他的画评家瓦尔特·威尔斯所言——不过是一个弱化的现实。它就像某种疏远的记忆。始终空空如也的杯碗亦暗示着,意义上的充实必然来自过去或未来,却绝不会来自当下。[67]

★

埃里克·布莱尔留在巴黎是为了当作家。他住在铁罐子街,靠近臭鼬街。他每天在拉丁区的各家咖啡厅、餐馆闲晃。有一次他感觉看到詹姆斯·乔伊斯坐在双偶咖啡馆。在巴黎的第一年,即1928年,布莱尔写了本小说,但投稿遭拒。他毁掉了底稿。埃里克·布莱尔是向巴黎迁徙的一分子。法郎处于低位价格,在巴黎生活很便宜。艺术家、作家以及那些半吊子都动身来欧洲的精神之都生活。尤其美国人因禁酒令纷纷逃到巴黎。他们寻找旅行指南上或者欧内斯特·海明威在小说里描写的饭馆餐厅。[68]据埃里克的记载,巴黎有些区域的所谓艺术家比普通劳动者还要多。有三万个画家在巴黎,他说,其中大多数都是"冒牌货"。他自己则得了一场重病,修养过后,写了些短篇,寄给一个出版商。出版商认为它们过于色情,之后便断了联络,布莱尔的文学事业亦随之梦断。

埃里克需要钱,同时想留在巴黎。于是乎,他干起了厨房帮手,在里沃利街附近洛提酒店的餐厅里。这是一家豪华酒店。没到三天他就差点儿被解雇,只因他留着小胡子。他不知道,在巴黎的餐饮业,只有厨师可以留胡子。由此,又规定了招待员不得蓄胡,那么厨房帮手作为等级中的下下等,同样不得留胡子。如果留了胡子,就显得比招待员高一等。反之,厨师留胡子亦是为了显示高于招待员的优越感。埃里克·布莱尔觉得这无聊透顶。但他还是刮了胡子,继续做帮手。[69]

★

1929年初,约瑟夫·罗特在一间酒店餐厅碰到一名给他留下深刻印象的厨师。他用词语把他描写得活灵活现:"他的脸颊褐红褐红,浓密粗壮的眉毛黑得像带着金属光泽,细小机灵的眼睛,棕色中透着金亮。"此外还写他"红通通的充血耳朵""鲜红的嘴唇""光滑宽阔的下巴""粗大的鼻孔"以及"柔软而良善的"肚皮。约瑟夫·罗特猜那肚皮中藏着"另外一颗特别的心脏"。[70]罗特走访的这处厨房用瓷砖、玻璃与金属造成,他称其为"一艘现代幽灵船上的机器间"。他来此处,是为了给《法兰克福报》写一个"酒店世界"的系列报道。报道的中心主题是无家可归。相比于餐厅,酒店更像是一处"随时安家"之所,但罗特并没有美化这个世界。他强调的是决定着这处地方的各种人为策划。他更想突出的是,酒店属于一家股份公司,而制造家之幻象不过是商业计划的一部分。[71]

约瑟夫·罗特在酒店餐厅的厨房里看到那个厨师时,倒少了些批判。他看到他浑身充盈着"安宁、舒适与出众的冷淡"。罗特觉得他"辛勤如捷克人,缜密如德国人,异想天开如斯洛伐克人,狡猾如犹太人"。要是他的某个徒弟端来一道新菜,他只会抛去"迅速的、闪闪发光的一瞥",再用他"宝贵的舌尖"尝上一口。他自己吃完饭后——"微不足道的一点儿分量,稀奇如宝石一般盛在盘上"——还会再喝点儿干邑白兰地,而后起身,"身轻气爽","仿佛他就坐在清晨的森林边上,这会儿欢快地迎着初升的朝阳而去"。穿着白色大裳的厨师在约瑟夫·罗特看来,就好似"从我童年的梦中"走来。他是"喜庆的、欢快的、物质的、咫尺可及的客观主义"。[72]

★

女厨师的精神崩溃可以比照时间来排序。头一波发生在上午十一点钟,她正为午餐做准备。接着晚上六点,她再次崩溃。九点又发生一次。她坐在垃圾桶上哭。她控诉命运,认为这一切不是她应得的,况且她还在维也纳修完了音乐学业。最后她喝了杯啤酒,恢复了平静。她是埃里克·布莱尔在新开张的杰汉·柯丹客栈的同事。

那是1929年。在客人眼中,杰汉·柯丹客栈或许相当漂亮。客栈是按诺曼底风格装修的,四周摆放着乡土风味的陶器,墙上贴着人工树干,厨房里却堆了满地一厘米厚、被踩得稀烂的残羹剩菜:土豆皮、骨头、鱼尾。后院有个小屋做了食物储藏室,猫跟老鼠可以随意进出。厨房里没有自动温水,餐盘大多时候用冷水冲洗后,拿废报纸擦擦。每隔个把小时,污水管就堵一回。

埃里克·布莱尔,这位来自英格兰的体弱文学青年,从洛提酒店跳槽到杰汉·柯丹客栈。即使在这儿,他仍旧身处权力结构的最底层。他从早晨七点工作至午夜。他要给鱼刮鳞,刷锅洗盘子,把蔬菜切碎,出门采购,放置捕鼠器。女厨师喋喋不休的辱骂还伴随着他的工作。埃里克学得一模一样："给我把那个锅拿下来，你个蠢货！"——"你自己拿吧，你个老婊子。"这样的对话堪称典型。在逼仄的厨房里，女厨师只要一走动，她宽大的屁股总会撞到他。她从不忘隔三岔五地跟他说，她的姨妈是一位俄国公爵夫人。

他敢肯定，世界上没有哪家餐馆比这家更糟糕、更邋遢。但他的同事向他保证：其他地方比起这里有过之而无不及。他还得学。为啥冲洗盘子？用他的裤子擦干净就完了。前面没人知道后面发生了什么。招待员跟他讲他们惯常的做法：把汤端给客人之前，拿块脏的擦碗布，悬在汤盘上拧干。如此，汤闻上去便有了布尔乔亚味道。埃里克搞明白了杰汉·柯丹客栈为何生意好（这意味着它不仅有游客，还有一些法国人光顾）。老板买的餐刀更锋利，这就是秘密所在。如果让客人用到锋利餐刀，每家餐馆都会大获成功。[73]

埃里克·布莱尔在餐饮业打工的经历助益了一件事：都被他写进了书里，并且找到了出版商。1933年，书得以出版。埃里克想用个笔名。他选了乔治，因为他父亲习惯用"乔治"称呼那些过客似的熟人。至于姓，他则从英国地理上找：剑桥附近的一个村庄或者流过萨福克郡的一条河。[74]

★

有帮小孩来了又来，一来就买半打的汉堡包。他们看上去不像普通的顾客。打理着四个小吃摊的瓦尔特·安德森难免不去注意他们。他那儿来的一般都是普通人,比如工人,只为图个饱腹,但是这些小孩看上去生活优渥。安德森很好奇。有一天他跟踪其中一个小孩到了下一个街角,然后看到那儿停着一辆豪华大轿车。正像威奇托市许多其他体面人物一样,坐在车里的母亲觉得被看到买汉堡包很丢脸,于是她派出了自己的孩子。[75]

连锁餐厅的概念在美国人尽皆知,但大规模地推广连锁餐饮,仍旧缺少一道人人认同的菜。很久以来,饮食习惯都脱不开民族性的规约。直到1920年至1930年之间,在一个现代化的、传媒大众化的、变动不居的社会中,这种关联才开始瓦解。美国成为了一个均质化的消费国家,而在这一过程中扮演关键角色的正是汉堡包。汉堡包的标准化与批量售卖发端于美国第一家快餐连锁店白色城堡公司,该公司正是从瓦尔特·安德森的四个小吃摊发展而来。

这家公司成功剥离了汉堡包身上暗藏的那种丢人的下层人食物形象。公司以"白色城堡饮食连锁系统"开始扩张。每家餐厅看上去都一样:一座近似中世纪风格的白色城堡。"汉堡包脏乱油腻的时代过去了,"公司一位经理宣称,"一个新的系统建立起来了:白色城堡系统。"[76]

在个人主义盛行的美国,该公司的理念却惊人地富含集体主义特色。顾客总渴望受到"万里独一"的对待。对此,白色城堡公司在做广告时不得不加以思量。每位顾客所坐的凳子、所用的餐台都与其他顾客丝毫无异;他喝的咖啡是用既定的、千篇一律的方式冲调而成,亦与他人丝毫无异;汉堡肉是用始终如一的温度为所有客人煎制的。但就餐经验中的这种民主主义特征绝不会出现在广告里。白色城堡公司要突出的是其系统性，以此一而再、再而三地强调引人怀疑的肉末的洁净与无害。[77] 于是乎，这家全美大型连锁快餐的首创者也系统地测验它的产品：找个医学院大学生，足足十三周不让他吃除了水与白色城堡汉堡包之外的任何东西。每天他吃掉的汉堡包在二十个至四十个之间，而他依旧——正如管理层宣布的——"健康良好"。[78]

★

1929年，美国大学生玛丽·弗朗西斯和艾尔·费舍尔来到第戎。他俩刚刚在美国完婚。艾尔想学文学，而玛丽·弗朗西斯想学艺术。他们携带了大堆的书。他俩沐浴在新婚的魔力中，想用第一顿法式大餐庆祝结婚三周纪念日。他们得找家餐厅，找家好餐厅。他们从房东太太那儿得到一张小纸条，需要把它拿给达尔姆广场"三只雏鸡"餐馆的拉库肖先生。他俩出门上路，走到目的地，只看到一家幽暗的小咖啡馆。他们亮出了纸条。招待员笑了，把他们引进内院，穿过一道门，爬了一段漆黑的楼梯，路过一扇厕所门、一间嘈杂的厨房以及一扇办公室门，进入一个方形小餐厅，里面放着不到十张桌子，墙上挂着风景油画。招待员把他仅剩的头发梳成洛可可式的小鬏，贴在额头上。他给他们推荐了二十五法郎的菜单。他俩同意了。他建议喝大玻璃瓶装的自酿葡萄酒，先来点儿干白，再慢慢喝干红。他知道他俩还是新手，这一点玛丽·弗朗西斯后来也很清楚。他知道，"三只雉鸡"昂贵的招牌酒对他们而言为时尚早。

顶着小鬈发的招待员叫查尔斯。他成了他俩在第戎时期的美食老师。正是这个晚上，他们的培训拉开帷幕。他们吃的是勃艮第菜，含酒的酱汁黑乎乎的，香味浓郁，还有野禽，最后的甜点是配樱桃烧酒的蛋奶酥，或许吧。玛丽·弗朗西斯对细节记得不甚清楚，却隐约记得他俩——一对新婚夫妇——吃得那么幸福，那么缓慢，而招待员查尔斯不时地望着他们。那天，他俩情绪高扬，感觉自己无疑置身于一个令人陶醉的美食世界，他们忘了何时从这个世界晃回他们的新家，穿过那弯弯斜斜的楼梯，回到他们的第戎小公寓。[79]

婚姻并不顺利。八年后，在加利福尼亚家中，玛丽·弗朗西斯和艾尔分道扬镳。但这位年轻的女士却通过书写的方式鲜活地成功保存了她对诸如"三只雉鸡"之类餐馆的记忆。她给自己取名 M. F. K. 费舍尔，并以此名成为美国最重要的女作家之一。使其成名的并非小说、戏剧或诗歌，而是她感性的美食散文。她还写了本书，关于牡蛎"可怕而刺激的生活"。[80] 面对"二战"期间的食物短缺，她向美国人介绍最简单的食谱。她的整个作家生涯都献给了饮食学。

曾有人问 M. F. K. 费舍尔，为什么要写吃，而非伟大的文学主题：战争、爱、权力。她回答说，人类的三个基本需求——吃、安全与爱——相互间紧密勾连，缺了一个便不能想象另一个，因此她写"爱以及对爱的渴望"，写"温暖、对温暖的爱以及对温暖的渴望，还有渴望得到满足后的温暖、丰腴以及细腻的现实，所有这些都是同一的"。[81] 1929 年，在第戎，在查尔斯的庇护下，这些想法开始在 M. F. K. 费舍尔那里相互勾连。

★

厨师徒手用他刚刚舔净的手指拿起牛排，放进盘里。他端起盘子，大拇指按到了酱汁里，舔净大拇指，又蘸在酱汁上。招待员也把手指蘸在酱汁里，那根他时不时在焗了油的头发里捋动的手指。客人点了片吐司面包，当然，没人会看见招待员额头上的汗珠滚落在吐司片上。如果吐司片掉到地上，抹了黄油的那面着地，那么它会被擦一下再上桌。如果烤鸡飞进了货梯，直落三层，掉进了面包渣与纸屑的混合物里，那么它会被弄干净，又送回楼上，摆到客人面前。整栋楼里，无处不脏，而酒店餐厅的厨房最脏。当然了，厨师会朝汤里吐口水。[82]

埃里克·布莱尔的第一本书揭露了餐饮业所有的肮脏秘密。文学评论家 C. 戴-刘易斯建议读者避开 107 页与 108 页，倘若他们还想不带"强烈的恶心感"去餐馆就餐的话。[83] 也恰恰因此，布莱尔的书销路奇佳——单单头一个月就卖出上千本。《泰晤士报文学增刊》赞扬它是"一个看似已然疯狂的世界的生动图景"。年轻的作家收到了许多粉丝来信，包括一位略受打击的亨伯特·珀塞提的信，他来自伦敦思普兰迪德酒店，从事酒店餐饮业已达四十年。珀塞提指责作家给餐饮业带来了难以修复的损害,书中描写的状况被他称作"难以想象"。埃里克·布莱尔回信说,他的观察毫无疑问会颠覆亨伯特·珀塞提四十年的生活经验。这是他第一次用新名字写信:乔治·奥威尔。[84]

★

那个招待员只被唤作"老家伙"。他干这行已经超过四十年。他"老态龙钟",约瑟夫·罗特1929年在《法兰克福报》上写道,"已然度过了白发苍苍这一岁月阶段","正走在僵化的路上"。僵化的地点就是酒店餐厅。弯身立在餐桌边他还是能做到的。他能在年轻的招待员面前说出客人想点什么,他能猜出他们的愿望,并对他们的点单施加影响。这位满头白发的招待员和客人们相识久矣。恰如约瑟夫·罗特所写——"他们都说着他们那个旧时代的话"。[85]

欧内斯特·海明威的老招待员倒不至于这般僵化。他在前者1933年的短篇小说《一个干净明亮的地方》里现身。他跟年轻的同事争吵,因为后者不理解,一个孤独年老的酒客是不可以被从饭馆里赶出去的。老招待员做完清洁,闭上百叶窗,关上灯,给年轻招待员讲了些关于生活的道理。他让他清楚,一个干净明亮的饭馆对于孑然一身的人来说是多么重要。小说最后,读者陷入了老招待员的内心独白。他在想,一切皆是无,人亦是无。虚无以及更多的虚无:"一切都是虚无缥缈的。"[86]

约瑟夫·罗特的招待员同样面临着虚无,但他没让他变作哲学家。罗特是个观察者,僵化的招待员是他的观察对象。

他让他跟一个同样老态的女士说话。女士"堆满褶皱的脖子"上戴着一串珍珠项链，一串"继承人期盼已久"的项链。她的"目光冰冷、漠然，那是一种高寿、富裕、无忧之生活的结果"，这会儿她却跟招待员互相伸手相扶。人老了，他们可以这么做。按罗特的说法，阶级差异此时已失去意义，因为两人都已"半截入土"，接受他们的是"一样的大地，一样的尘土，一样的蠕虫"。[87]

★

作为火药味十足的社论作者，极右翼记者弗里德里希·胡松帮忙埋葬了德国的民主。他是德意志民族主义的核心宣传者之一，大名鼎鼎如左派的库尔特·图霍尔斯基。尽管如此，他在1934年被迫离开报界。因为他遭人报复。他有一次曾把阿道夫·希特勒称作"狂野西部政客"，且被约瑟夫·戈培尔看作对手。[88]

于是，弗里德里希·胡松在"第三帝国"时期转向非政治性的写作。他变身历史学家，钻研德国的食物历史。1937年，他的书《餐桌的世纪》出版，叙述了从中世纪到洛可可、从毕德麦耶尔① 到"第二帝国与过渡帝国②"的德国饮食发展。该书

---

① "毕德麦耶尔"一词源于1855—1857年间慕尼黑《飞叶》杂志上一位诗歌作者的笔名，原为庸人、小市民之意。后史学界开始用"毕德麦耶尔时期"指称1815—1848年间的德国，这一时期社会相对稳定。
② 纳粹党在攫取国家权力后，将魏玛共和国称作过渡帝国。

在"德意志菜系之梦"这一章达到高潮。胡松呼吁向"德国餐饮行业中可恶的外国元素"作斗争,以此向纳粹分子的企图靠拢。他希望参与其中,"彻底打造一个全新的德意志菜系"。就像二十一世纪初的有机美食家,他强力推荐地方菜与季节菜:一方面要"与泥土相连",另一方面要"依时节而食",而他倡议之根据恰在于"戈林总理向德国家庭主妇们所作的特别推荐"。

餐馆也需要完成日耳曼化。胡松对他常去的那家餐馆里"持续数月之久的文化斗争"满腹牢骚。他曾徒劳地尝试在这家"地处柏林心脏地带"的餐馆点"荷包蛋夹火腿",而非"火腿煎蛋"。另有几个"有勇气与毅力"的人,也"希望在此取得哪怕最细微成果"。到了该行动的时候了。德意志的"家常便饭"理当出现在"未来的德国菜单上"。胡松一直期待着读者的抗议,抗议他关注这种无关紧要的话题。可是连"戈林总理"——他再次将其搬出来——在"塑造德国命运"时也不觉得这些问题"不值一谈"。[89]

★

乔治·奥威尔的第一本书让美食家的后背泛起阵阵凉意。但对奥威尔而言,作为一个政治作家,他通过《巴黎伦敦落魄记》想表达的远不止肮脏与服务恶行。这本书预告着作家在《1984》中一再关注的主题:真相与谎言、双重标准、人造阶级。

胡子问题——招待员不得蓄须，厨师因其地位高于招待员可以蓄须，厨房帮手因其地位低于招待员不得蓄须——不过是他之探究的开端。奥威尔对南亚很熟悉，他在巴黎的餐饮业也发现了种姓制度，一种经过精致协调的等级，而他自己恰处于这种等级的最末端。一边是杰汉·柯丹客栈油腻肮脏的厨房，一边是假模假样布置成民俗风格的厅堂，相距不过几米，却是全然不同的世界。还有酒店里的招待员饭厅，与客人就餐的厅堂不过隔了一扇门。前一处，招待员们汗流浃背、满手污渍地吃饭，地上到处都是被踩得稀烂的残羹、纸屑、烂叶片；后一处，角角落落镶金边，桌布一尘不染，满房间装饰着鲜花，满墙壁都是小天使。至于门背后发生的事情，客人们一无所知。

奥威尔书写的是身处最底层的人为了在等级制度中存活而采用的各式手段与本领。他说，干餐饮的没一个不偷的，每天偷，反复偷，从不反思。员工们偷得最多的就是客人。但奥威尔也能切实感到每位酒店员工对自身名誉的维护。厨师从不觉得自己是服侍人的。他的好记性、他的忙而不乱、他的高超手艺，他对自己的这些能力心中有数，从不卑躬屈膝。这样的态度在等级制度的底层亦有迹可循。某个洗碗工评价自己："我扛得住。"对这些男人来说，工作有着某种意义，带给他们一种男子气概，即使耗尽他们生命的这个等级系统可能腐败透顶。[90]

不过，有一群人却未能令奥威尔信服：招待员。他在文章中做了番"道德"总结，即一个招待员从不会心怀歉意。招待员，他说，透着"假绅士"的做派，因其整天在富人周围逗留,在他们桌边恭听,阿谀奉承,逗乐递笑。跟厨师与洗碗工不一样的是,招待员自视跟成功人士无甚两样。是的,他对自己的低三下四甚至有些洋洋得意。奥威尔看着招待员从昏暗肮脏的厨房"幕后"走进餐厅"台前",一个"突然的转变"立现:他的肩膀突然紧绷,仿佛一位盛装的神父飘行于地毯之上。"在你娘的窑子里擦地板,这事不值得干!"——高级服务员朝厨房里的学徒这么嚷一句,然后拉开通往前厅的门,手里端着盘子,脸上带着微笑,"像天鹅般优雅地"飞向客人。至于客人,奥威尔说,他们"受到如此高贵之人的服侍",被其弄得羞赧连连。[91]

★

格尔塔·普费弗,德国南部一家纺织厂的女工,跟同事们坐在一家餐馆里。她很享受周遭气氛。这对此时的她很是难得。自打1935年9月《纽伦堡法案》出台,她的生活就充满了恐惧,她越来越觉得受到孤立。她尽量不跟人说话,因为害怕别人会"随便捏造些事由"扣罪名给她这个犹太人,或担心跟她交往会坑了别人。其他年轻人相约去跳舞,她大部分时间都是独自一人。不过今天晚上置身于这家餐馆,置身于这人群中,格尔塔·普费弗又一次感到了快乐。可是紧接着,邻桌的客人跟餐馆老板说:如果他们再看到这个犹太人笑,就把她扔到大街上去。[92]

★

乔治·奥威尔跟着矿工们一起下井。他打量着他们的身体，打量他们宽厚的肩膀，瘦削矫健的髋部，强壮的大腿。没一处赘肉。他惊讶于他们的工作，惊讶于他们在地底下的灵活。他惊叹于煤炭所产生的能量，缺了它，这世上没什么能运转。

奥威尔在《通往威根码头之路》一书中描写了1937年的工人世界。他在其中思考了英国的社会形势，思考了工人与中等阶层的困顿，最后以某种乐观主义结束了全书。他认为，与这些男人的联合结盟可以在英国造就一个成功的社会主义政党。

这下可以更清楚地看到，这名曾经的洗碗工从他的餐馆厨房岁月中学到了什么。他在巴黎的观察引出了一个问题，即豪华饭店与高端餐饮到底该不该存在。为什么存在厨房里的奴隶制？它对文明有何益处？奥威尔对此持否定态度。对他而言，奢侈的消费无非是为上层阶级面对下层阶级时的恐惧提供服务。这些场所找不到任何合理之处，它们除了提供卑劣的模仿外一无是处。餐馆与饭店里的每一个行为都只是为"营造豪华之感的骗局"出力。只有老板们获了利，给自己"在多维尔买宽敞的别墅"[93]。

有着强壮肩膀的矿工代表着一种未来图景，阶级差异在其中烟消云散。奥威尔希望，矿工的力量能够拉着贫苦大众一同上升。而招待员，一会儿像天鹅，一会儿像神父，总是媚笑着趋近富人的餐桌；他们是乔治·奥威尔秉笔抨击的制度的化身。

★

一个牲畜商人驾着马车在他的家乡穿行：那是黑森州的勒恩山区，一处有森林与草地、有山峰与谷地的地方。他出生在瓦塞库伯峰的东北面，他的家族世代在此定居。他驾着马车下行到乌尔斯特伦德，走过希尔德斯，走过巴腾，而后又上山到布兰德。他上方的峭壁是埃伯斯坦因遗址，残留着十三世纪多次世家仇斗的遗迹。在布兰德客栈，他看到店主根斯勒站在窗边。他俩一直都是好朋友，于是，这个名叫大卫·格吕斯拜希特的牲畜商人拉住马，从车座上跳了下来。前不久，他刚得到去往美利坚合众国的移民许可证。他想最后跟根斯勒再喝一次白兰地。

几近无人的酒馆里，他和根斯勒靠着柜台。一个独坐一桌的陌生男子找他们攀谈。他的嘴里骂骂咧咧，羞辱犹太人身上的气味，这在当时的德国日常生活里很是时髦。陌生人说："这儿怎么突然全是大蒜的危险臭味。"格吕斯拜希特和根斯勒不理他。他却固执地说："店家，您这附近是不是有片大蒜地？臭得真是受不了。"[94]

★

1938年，约瑟夫·韦克斯贝格对美国食品——三明治（"两片空瘪的面包"）、"半生不熟难消化的肉排"以及"毫无营养的罐头"——发出了警告。[95]他建议别在"一分钟快餐店"吃午餐,建议远离美国女人,她们"不善交际、不谈友谊、没有感情",她们想要被人邀请,但不是只去一家餐厅,而是同时去四五家,这些地方——按韦克斯贝格的说法——到处"放着同样的古怪音乐,供应同样的威士忌,给人同样的账单"。[96]

尽管如此,来自摩拉维亚的奥斯特劳、身为犹太法学家的约瑟夫·韦克斯贝格,却没有返回欧洲的计划。他和妻子于1938年随捷克斯洛伐克政府的一个代表团来到美国,旋即留此定居。[97]他想尽可能地帮更多的人来美国,便收集各种关于流亡的点子,1939年结集成咨询手册《美国签证》出版。韦克斯贝格面向的是所有渴望"尽快逃离欧洲"的人,他向他们解释关于宣誓书、移民配额以及签证类型他们所需知道的一切。

韦克斯贝格还指出,把"欧洲想法"一块儿带到美国来是毫无意义的。他明确提醒那些还留在捷克斯洛伐克的同胞,别想着来美国卖什么熏制品。在这个遍布"果汁餐厅、生蚝酒吧、肉排饭馆"的国度找不到什么熏肉。一个同样糟糕的念头是找个中型美国城市开一家维也纳咖啡屋,而无视遍地的"汽油味、小城清教主义、毒品店和地方排外观念"。所有在欧洲诞生的想法——远不止熏制品或咖啡屋,在美国都"被判了死刑"。美国人为"欧洲与美洲之间隔着五千公里水域而深感幸福"。约瑟夫·韦克斯贝格说,他们深感遗憾"那不是五万公里"。[98]

★

1939年，皇后区曾经的一处垃圾堆上，建起了一家法国餐馆。法国政府从巴黎最好的各家饭店招徕了一批厨师，他们乘坐"诺曼底号"轮船一同跨越了那片五千公里的大西洋水域，只为拉近美国人与美食的距离。"法国馆"，一个美食馆，是法国带给1939年世界博览会的贡献。这届博览会选址于纽约市的法拉盛草地，一处沼泽区。那是第二次世界大战爆发前，最后一次对"一个和平进步之世界"理念的欢庆。诸国云集。通用汽车公司呈现的是一场富有乐观乌托邦色彩的"未来梦想"。苏联馆前高高立着一个英雄般的工人，法国馆则厨香四溢。

1939年5月9日第一场宴会，法国大使与三百余名嘉宾到场。厨师们奉上了一份超长菜单，共计十道菜，先以"维耶于尔肉汤"开场，经过"法国龙虾"以及"大使级盐沼羊肉片"等的惊喜，最后以"漂亮巴黎女郎"收场。第一个月共计开餐18401次，第二个月26510次，总计136000名客人在法拉盛草地用了餐。

★

他来巴黎的时候已经四十二岁，接近四十三岁。他在罗斯柴尔德宫喝了茶，然后看了场佛兰德纺织品展览。"精彩绝伦，我都入迷了。"他在日记里写道。他赞美"这座奇妙之城的古老魔力","生机勃勃的伟大生活"如今重新回到了巴黎。他穿街走巷地闲逛，给他的孩子们买"可爱的玩具"。晚餐则去皇家大街的马克西姆餐厅，那儿距杜乐丽公园仅几步之遥。"这生活棒极了。"——这是他的结论。[99]

这个人就是约瑟夫·戈培尔。1940年10月，他到访被德国占领的巴黎。戈培尔在这一年的日记里常常记下他就餐的餐馆。奥地利"并入"德国后，他不光拜访了希特勒小时候住过的房子，在里面大口深呼吸，使自己的"情绪整个变得高尚而庄严"，还坚持在同一天赶到沃尔夫冈湖畔的白马酒店留宿。[100]1938年11月，在整个德国实施犹太屠杀之后，他的日记里记道，他在阿道夫·希特勒常去的巴伐利亚饭店向其作了汇报，那是慕尼黑最早的意大利餐厅之一。"他全都同意，"戈贝尔在意大利餐厅的餐桌边总结道，"行动的进展完美无缺。死亡十七人，但德意志的财产丝毫无损。"[101]

1943年2月，戈培尔发明了"全面战争"这一概念。但让他高兴的是，马克西姆餐厅里的人对战争毫无知觉。戈林同他一桌就餐，他俩简直心意相通。"戈林棒极了，"戈培尔从餐馆返回酒店后记道，"他真是个可爱的家伙。"

第二天，他让空军代表描述一下对英国的轰炸。要"运用德意志的彻底性贯彻"轰炸——对此他怀有敬仰。（几天后他在日记里写了两句话："伦敦来的好消息。那里是人间地狱。"）他也会发脾气，对德国大使馆外交官们的"亲法动作"破口大骂——"让人恶心"。尽管如此，他在巴黎的最后一晚是在"一家吟唱着法国香颂的小饭馆"度过的。他觉得这家小店"舒适而迷人"。仿佛是突然察觉到自己的违禁之念，他接着马上写道，巴黎是"一个巨大的危险"，尤其是对于"无政治感的德国人"。然后他飞回了柏林。[102]

★

世界博览会结束后，"法国馆"搬了家——但不是搬回巴黎。对厨师与招待员而言，留在美国比返回被德国人占领的祖国更有吸引力。1941年10月15日，高级餐厅"帕维侬"在第五十五大街开业，距离第五大道仅几步之遥。它成了曼哈顿最昂贵的地方之一。餐厅供应鱼子酱、"缤纷龙利鱼柳""酒焖子鸡"。价格高得吓人，但真正重要的客人总能反复获得免费香槟或者其他小礼品。肯尼迪一家就经常去"帕维侬"。那是曼哈顿中区的一抹法国风情。菜单上的菜品说明全用法语，没一处翻译成英语。"帕维侬"厨师的帽子总能带人回到旧世界。在那个世界，法国修女对帽子照料有加。她们清洗帽子、熨烫帽子、压平帽子，如同对待她们自己的礼袍。[103]

★

让-保罗·萨特生活在被德国人占领的巴黎，对餐馆服务也有忧虑，类似于乔治·奥威尔的难题。萨特注意到：招待员的"动作活跃而热情，有点儿过于精确，有点儿过于迅速，他走向客人的脚步有点儿过于活跃，他弯腰作揖的动作有点儿过于殷勤"。这种印象在遇到招待员的声音与目光时会变得越发强烈。萨特说,他们的声音与目光"传达出一种兴趣,其中包含着对客人点单的过分关注"。[104]

产生这些想法的时间是萨特从战俘营返回巴黎的时候,那是他生活中的一段低落时期。他努力想组织一个抵抗团体,但为之付出生命的危险看起来非常巨大。他改用写作的方式表现政治。[105] 在他里程碑式的作品《存在与虚无》中,他提出一种自由哲学。为了生动阐明这种哲学,他在读者的眼前描绘了一间餐馆,"犹太人禁入"或者——讽刺地说——"犹太餐馆,雅利安人禁入"的标牌并不妨碍顾客的个人自由,那么每个人对餐馆前标牌的反应——或忽略,或遵守——便单单取决于他自己对这道禁令所赋予的"重量"。[106]

这个例子或许很具体,但萨特的思想是抽象的,并非行为指南。哲学家本人很清楚,叛逆的违规行为在被占领的巴黎会导致死亡。在这种与极端自由的强大反差中,萨特在餐馆身上看到的不只是够勇敢就能忽略的禁令牌,还有一个招待员,他丧失了倔强与自由,早已在其服务方式中模仿"某种自动机器式的无法改变的精确",他看上去机械得就像在演戏。萨特总结说,招待员是不可信与不自由的化身。[107]

★

德国的轰炸给英国城市造成了范围越来越广的破坏。水管、电路与煤气管道被击破。一段食品短缺时期掀开了序幕,并于战后在大不列颠持续了很久。1940年秋，伦敦设立了第一批救助站，利用战地厨房提供简易的暖和食物。救助站往往设在人员撤空的学校，也是为了方便无事可做的家庭女教师们在那里展开运营。这个方案效果良好：139间厨房每周提供八万次就餐。1940年11月，该方案扩展至伯明翰、曼彻斯特、利物浦等其他英国大城市。项目名称亦得到确定：救助站被称作"集体厨房"。

温斯顿·丘吉尔不喜欢这个名称。此类项目完全符合他的设想，但作为保守党首相，他反对诸如"集体"或"集体的"等词汇。他说，这些词听上去像济贫院。这位后来的诺贝尔文学奖获得者搜肠刮肚想找一个词语，可以给人们一种享受就餐的感觉。他决定使用"不列颠餐馆"这个名字。这些餐馆在"二战"最艰难时期为将近五十万不列颠人提供食物。它们在食品供应上所发挥的作用尽管不被历史学家看重，却形成了一个影响："不列颠餐馆"使平时惯于室内就餐的英国人习惯了在室外吃饭。[108]

★

招待员在萨特的思想之屋中所扮演的角色并非无足轻重，他代表着萨特所称的"自欺"：不真诚。谁若沉迷于此，就是在自欺。他在超越与真实之间摇摆，不识这两种存在方式的区别。对于萨特而言，"自欺"的"第一种行为"是逃离人们无法逃离的事物。[109] 而招待员，过分迅速、过于自动化、过分殷勤的招待员所做的恰在于此。他逃入招待员-存在的游戏中。他所思的可能完全是：他必须在五点钟起床，他应在餐馆开门前擦净地板，他必须弄好咖啡机，他可以要小费以及他有权加入一个工会。但他只是招待员这种幻象的一个组成部分，并失去了自由和为自己负责的感觉。[110]

萨特细腻的辩证法让人搞不清他激烈批评的是哪种观念：是招待员所代表的不真诚，还是反复强调的典范式真诚。[111] 后来一部更受欢迎的作品给出了回答。在萨特的剧作《禁闭》中，堕入地狱之人由旅馆招待员陪伴。正是这种落入地狱的禁闭存在以及招待员式自我认同的禁闭存在，遭到萨特的哲学思想的反对。纠结的、艰难的存在，不是勤奋的、表演式的，而是自由的、阴郁的、断裂的。[112]

★

1944年6月，威廉·富特·怀特来芝加哥研究餐馆。不同于弗朗西丝·多诺万的圈外人身份，怀特是当时奠基性的社会学家之一。在其著作《街角社会》中，他调查了波士顿的一处意大利社区，写就了一部开拓性的城市社会学作品：他与被研究者亲密无间，描述其世界时事无巨细。如今，怀特在芝加哥大学获得了一个组织社会学的研究席位，领导一个与美国国家餐馆协会合作的项目。

威廉·富特·怀特没有亲身去当服务员，这对他而言不可能。不久之前他在俄克拉何马州得了小儿麻痹症，下半辈子都需要拄着拐杖。不过，他也无需为了研究亲自去餐馆服务，他有足够的人手可以驱使。怀特的一个女助手负责观察一家叫"哈丁思"的餐馆。这位后起之秀的做法与弗朗西丝·多诺万如出一辙。她假扮成找工作的招待员。在"哈丁思"，她未来的女主管向她保证："我相信您会喜欢在这儿工作。我们从不放犹太人或黑人进来。"[113]

★

弗朗西丝·多诺万让学生们害怕。她是盖莱默高中的领导层成员，负责纪律问题，并对此极为认真坚定。有些学生敬重她，激励与鼓舞了她去追求一份学术事业，更多的学生是怕她。

如同当招待员时一样，多诺万老师也有不能公开的内心生活。多诺万大约没有失去对写作的兴趣。如今她写些短篇小说。她一直在城市中生活，但烟雾、交通噪声、视野中的城墙开始困扰她。她着手准备退休生活，计划离开芝加哥。1945年5月，那将会实现。

★

哭泣的女招待员是威廉·富特·怀特结束餐馆研究后写成的书中的主角。他创作了一出"关于吃饭、待客以及个人服务的伟大美国戏剧"，这幕剧每日在餐馆里上演。他揭露了大多数餐馆的经理与下属之间极为紧张的关系。几乎无人关注人际关系的改善，因此女服务员在日常工作中会啜泣、精神崩溃以及自我怀疑。怀特提出了一种解决之道：熟练的"团队协作"和"机智的监督"可以保持餐馆内敏感的平衡。如此一来，女招待员们一定不会再哭哭啼啼。怀特希冀的是一种"敏感机器"的平衡，但不明确的是，这种机器是谁或是什么：是餐饮业雇佣方，还是服务员本身。[114]

女招待员弗朗西丝不哭。她刚从中西部一个小城来芝加哥，但她马上在餐馆里树立起一种自主的形象，有胆量，够主动。她的好友玛丽受不了午班的压力，常常躲进卫生间陷入歇斯底里。相反，弗朗西丝始终强大。[115]

不过，这个弗朗西丝不是1917年在芝加哥研究女招待员的弗朗西丝。弗朗西丝·多诺万，作为餐馆研究的先驱和服务行业的观察者，并没有出现在威廉·富特·怀特庞大的调查研究中：没有在文本中，没有在引用文献中，也没有在致谢词中。多诺万离开了芝加哥，从1945年5月起生活在阿肯色州的尤里卡温泉市。她迁居不久就开始了另一个研究计划：新居住地的微观社会学调查。[116]

2. 战后饥荒

詹姆斯·鲍德温想把盛了水的玻璃杯扔向一个女招待员——一个他本想掐死的年轻女子。鲍德温在哈莱姆区长大,那是美国黑人文化的中心。他是一位浸礼会牧师的儿子。早在少年时代,他就能独立完成教堂礼拜。在哈莱姆区,他因自己的聪明与演说技巧而备受赞扬。不过现在,即1942年,他所处的地方是哈德逊河的另一边——新泽西。他在一家兵器厂工作。工厂离家其实并不远,但他的许多同事,无论是黑人还是白人,都来自种族严格隔离的南部各州。因此,南方的话语也被带到了新泽西。

鲍德温最初没有领会这一点。他到同一家自助餐厅去了三次,与同年纪的白人同事一起站在柜台前点单,奇怪于他等待汉堡与咖啡的时间为何如此之久。等到第四次,他才搞清楚,包括前三次他都不该在这家餐厅吃饭。每一次，他都在不知情的情况下拿了另一个客人的汉堡与咖啡。这家餐厅遵循的原则是：不向黑人售卖食物与饮料，也就是不卖给他。到处都是种族隔离，包括酒吧、保龄球馆、住宅区，而詹姆斯·鲍德温一再地违反这种未写明的法律。他变得引人注目，遭到嘲笑，遭到辱骂。最后他丢掉了兵器厂的工作。

在新泽西的最后一夜，他约了一位白人朋友。他们去电影院看《吾土吾民》，一部关于德国占领法国的故事片。电影散场后他们去吃东西。一家叫"美国小食铺"的饭馆。柜台后的男子问他们想点什么。"您觉得我们想要什么？"鲍德温粗野地呛了回去，"我们想要汉堡和咖啡。"但这并非问题所在。[117]

★

西蒙·维森塔尔，建筑师，集中营的幸存者。他差点儿没躲过一次枪击。他尝试过自杀。他撑过了去往布痕瓦尔德集中营的死亡之旅，撑过了去往毛特豪森集中营的输送。现在，即1945年春，他置身于集中营的死亡区，饥饿难忍。他身高一米八，却不足五十公斤。解放近在眼前。美国飞机从集中营上空飞过，但死亡区里每天仍有人死去。

维森塔尔跟一个波兰籍食品供应商说上了话，后者叫爱德华·斯坦尼泽夫斯奇。他俩在波兹南相识。斯坦尼泽夫斯奇打算在战后开个饭馆。他请维森塔尔为饭馆设计方案。他带来了笔与纸。维森塔尔开始设计。他画了一大摞草图，足够出一本书，甚至女招待员的衣服他都画了下来。死亡区不断地有人死去，他们每日的食物份额是两百卡路里。爱德华·斯坦尼泽夫斯奇给维森塔尔带来更多面包，以换取后者的点子。他们谈论饭馆的餐桌应该采用哪种形式，讨论墙纸和墙纸的颜色。

毛特豪森集中营获得解放后，仍有成千人死于营养不良。爱德华·斯坦尼泽夫斯奇将维森塔尔的草图保存了好几十年。饭馆从未开成，但西蒙·维森塔尔活了下来。[118]

★

这个来自波鸿的年轻人十七岁，饿着肚子。他曾是预备役高炮兵，尔后短暂当过正式兵。他是自愿加入国防军的。1945年春天，他在奥得河边的一处炮兵阵地服役，尔后部队开拔向西，围着柏林绕了一大圈。他看到过路沟中躺着的集中营囚犯尸体。1945年5月，他落入一个战俘营，在易北河边上的博伊岑堡。吃的几乎没有。不久后，他被转移到费马恩岛上的另一个战俘营。在那里他也挨饿，饿了好几个月。他依旧玩斯卡特牌。被释放后他在黑森林地区过了一段时间，农妇们用无数的食物喂坏了他。饥饿跑了。如今他重返家乡波鸿，饥饿又来了。[119]

1945年与1946年，成年德国人每天平均摄入1412卡路里。官方的配给量是860卡路里。[120]波鸿年轻人的长辈不断地死于营养不良。他想求助在战俘营结识的斯卡特牌友，减轻家里的负担。于是他上路前往明斯特兰地区的农庄。但他不是唯一有这种想法的人。他在那儿跟战俘营的所有牌友又重逢了。如今他们是争夺猪肉、黄油和土豆的竞争者。

这个年轻人一而再地从鲁尔区来到明斯特兰地区。他往往两手空空，没东西可供交换，哪怕只是交换农民手中的烂水果或谷物。他搞到一袋麦谷碎，里面爬着黑色虫子，他小心地把它们分开。[121]

★

战后的巴黎，美国记者总是在路上。他们发现了爱在咖啡馆与餐馆打发时间的新一代法国知识分子。《时代周刊》的一个记者看到让-保罗·萨特总在花神咖啡馆出现，在那里写作、讲课。《生活》杂志的记者总能在同一家餐馆看到萨特接受拜访、与人商谈、接受采访。《纽约时报》的记者报道说，萨特在一家饭店睡觉，在他常去的咖啡馆桌边生活。美国记者对法国思想家及其最爱之餐馆的兴趣如此浓厚，以至于花神咖啡馆的一个侍应生在1946年12月被《时代周刊》的记者请求发表其对存在主义的看法。这名叫帕斯卡的侍应生拥护萨特的观点。

美国人痴迷于在室外就餐的哲学家并非偶然。战后的美国，知识分子的角色获得重新定义。影响广大的思想家们不再认为自己是批评式的局外人，而是来自中产阶级的精力充沛的爱国者。他们是一个新型、高效、处于冷战之中的社会的驱动者。美国媒体把萨特和西蒙娜·德·波伏瓦描绘成几乎无需认真看待的享乐之人,他们的左派悲观主义被看作装腔作势,他们的生活方式似乎以最直观的方式佐证了欧洲知识界的自我矛盾。因此,美国的媒体报道总是乐于凸显萨特和波伏瓦在巴黎餐馆的所谓豪华享受,在报道中大谈"昂贵的晚餐,伴着绝佳的美酒,还有陈年的利口酒添光加彩",餐后再去夜间俱乐部,与悲观的知识分子们共舞,直至天明。[122]

★

"美国小食铺"回复鲍德温及其朋友的是:"我们这儿不招待黑人。"再寻常不过的回答。鲍德温感受到一种讽刺,一种蕴含在餐馆名字以及像他这样的美国人所受到的对待中的讽刺。他还能保持平静。但是回到热闹的大街上,怒火席卷了他。他觉得,仿佛他在这儿所遭受的一切都是白色的,仿佛一切都朝他移动、攻击他。于是他继续走,宛如置身梦中,他听见白人朋友的声音,把它甩在身后,他跑了起来,感到自己的攻击性变得越来越强烈。他来到一家优雅、闪亮、宏伟的餐馆。他很清楚,这样的地方绝不会招待他,但他无所谓。他走进去,坐到最近的一张空桌边。一个女招待员走过来。是个白人。鲍德温在她的大眼睛里看到惊恐。这让他更加火大。他想给这种惊恐一个理由。

"我们这儿不招待黑人。"她说。口气不是敌对的,更像充满歉意,而且真的透着惊恐。鲍德温只想用他的双手感受她的脖颈,想掐死她。他装作听不懂她的话。他想要她再靠近些,以便攻击她。她朝他的方向只挪了一小步,然后把她的句子又说了一遍:"我们这儿不招待黑人。"[123]

★

约瑟夫·韦克斯贝格的父亲在"一战"中阵亡,他的母亲遇害于奥斯威辛。他得以幸存。他对维也纳"梅斯尔和沙登饭店"多到令人惊叹的牛肉烹饪花样进行了记录。二楼餐厅供应以下特色牛肉:前胸肉,修清前胸肉与后胸肉,银边三叉与三叉,头刀与和尚头,肩胛肉,黄瓜条,肋排,前腿心和胸肉,肩胛肉和脊肋排,等等,等等。没有哪个客人在这里点菜时只简单地说点"牛排",韦克斯贝格记道,这样的人真的很少,少得就像有人去蒂凡尼要求买"石头"。所有客人对牛肉的三十二个不同部位以及四类质量等级都了如指掌。他们自我感觉是一个有着高级品位的社团,包括牛也是这个社团的一部分。它们被放养在维也纳北边一个村庄的炼糖厂附近,用甜菜浆喂养,以确保优秀的肉质。

是否每个客人都真的属于这样的社团,无法在"梅斯尔和沙登饭店"一眼看穿。高级招待员海因里希站在二楼迎接客人。他弯腰的角度显示着他对每位客人之社会名望的估计。半鞠躬面向的是暴发户,一鞠到底则是二三十年的老顾客。跑堂伙计用银盘端来牛肉,肉被罩在盖子里。实习生负责上配菜:醋汁、苹果汁、乳脂汁、白菜、菠菜、土豆、小黄瓜。招待员负责掀盖子,向客人展示牛肉,再将其放入一个滚烫的盘中。

尔后招待员抬头看高级招待员，客人也抬头看高级招待员，高级招待员则看牛肉，透过几近闭阖的眼睑；然后他轻轻点一下头，极其轻微，朝着服务员，朝着客人。至那时，客人方可开吃。如果他不点头呢？那客人就不能吃。无需赘言。

1945年3月，一颗美国炸弹击中了"梅斯尔和沙登"。后来的苏联解放者又纵火焚烧半毁的饭店。"梅斯尔和沙登"已成历史。约瑟夫·韦克斯贝格的读者要等战后他写完奥地利游记才会得知此事。维也纳的牛再也吃不到捣成浆的甜菜了，它们的肉如今干而硬。维也纳的厨师再也不懂怎么切牛尾（尾尖纵向切，靠近牛尾三角肌根部横向切）。维也纳的招待员只对小费有兴趣，全不在乎客人的口味。这是约瑟夫·韦克斯贝格——早先住在摩拉维亚的奥斯特劳，如今安居于纽约——在短暂拜访过曾经的牛排之都后的看法。[124]

★

饥饿还有一种形式：智力的饥饿。波鸿年轻人成了一家私人租书铺里饥渴的常客。他狼吞虎咽各类作家，从阿瑟·柯南·道尔到陀思妥耶夫斯基再到卡内蒂，他阅读《法兰克福期刊》和《当下》，他阅读能搞到的一切东西。阅读让他忽略了无所不在的饥饿，但他的抱负没能超越饥饿。他是个人主义者，是懒汉，是游手好闲的人。他没有回校读书，因为学校里的人装作战争仿佛从未发生过。他逃避去干清理废墟的活。他没有工作。迫于无奈，有时候他在波鸿一处墓地做园丁。有时候他画招牌画挣点儿钱。他喜欢去酒吧晃悠。一切跟公共福利或权威有关系的东西，都因战争经历而在他眼中变得可疑。

1948年7月，他二十岁，找到了一个对他有点儿意义的工作。他给《西德意志汇报》画画。他去送画稿时，会跟编辑喝点儿品质不佳的红酒。不过家里的母亲与祖母，自从货币改革后，如今又足以饱腹：黄油蛋糕或者冷狗蛋糕，喝点儿自制的鸡蛋利口酒。这酒浓稠、甜腻、黏糊糊的。他把酒倒在杯子里，幸福地品尝。这些都是沃尔夫拉姆·席贝克的回忆。[125]

★

詹姆斯·鲍德温站了起来。他从桌上拿起盛了一半水的玻璃杯。他把它扔向女招待员。她缩了下身，水杯摔碎在吧台后面的镜子上。餐馆里到处是大张的嘴巴，客人们跳了起来。鲍德温的怒火化作了恐惧。他朝门跑去，被一个男人拦住，那人打他的脸、踢他，他挣脱出来，跑到街上，碰见了他的白人朋友。朋友把追他的人和警察引开了，他则继续跑。

这个时刻将在鲍德温的头脑中一次又一次重现。十三年后，他把它写入《土生子的札记》，这是他对种族主义横行的国家所能提供的生活展开清算的大作之一。世界不再是白色的，且永远不再是白色的——这是鲍德温的作品所要推动的想法。不过他从新泽西的餐馆一并带走的还有：仇恨终将摧毁满怀仇恨的人。[126]

★

雅克，十三岁，要去取肉鸡去骨机。它在"法国饭店"。现在要用它，而且很急。这是1948年的晚夏。两周前，雅克刚成为"欧洲大饭店"的厨房学徒。如今他就要办这么重要的事情。雅克一路快奔，跑到布雷斯地区布尔格的另一边，饭店主厨已经在那儿等着，同情地摇摇头，告诉他"蜗牛饭店"的人已经把机器拿走了。雅克又一路快步，跑了两公里多地，遇到又是一脸抱歉的主厨，提供的新线索是"终点酒店"现在正用着机器。他再接着跑，又是一个主厨，没有，机器明明在"蜗牛饭店"。又是横穿布雷斯地区布尔格的一大段路，最后终于解脱："蜗牛饭店"的厨师往他手里塞了一个封口的大亚麻袋子。感谢上帝啊，万分急用的肉鸡去骨机终于装在袋子里了，尽管沉得不行。雅克竭尽全力往回跑，不过很小心很小心，机器不能碰坏。但他必须快点儿跑，机器急等着用。筋疲力尽的雅克·丕平——半个世纪后美国最著名的电视厨师之一——拐入比谢街。他总算又回来了，回到工作地，他的工作地，"欧洲大饭店"。他的主管、他的学徒同伴、女招待员们都在等着他。等他打开亚麻袋子，里面出现的却不是肉鸡去骨机，而是两大块水泥。众人哄堂大笑。他满脸羞愧，这下算入行了。[127]

★

这家饭店有着严格的等级。谁负责管理经营，谁接受预约，一清二楚。谁运送行李，谁擦鞋，谁清理客人的夜壶，也一清二楚。这家饭店位于安斯特岛——大不列颠最北端有人居住的小岛，是设得兰群岛的一员。在二十世纪五十年代初，饭店餐厅里端盘子的姑娘与跻身中产阶级的管理层成员之间在社会地位上有着天壤之别。至少客人们是这么想的。

事情在厨房里看上去不大一样。这里没客人来看。在这里一同就餐时，顶层的经理与底层的十四岁洗碗工之间几乎毫无差别。所有人相互都只称名字，聊些八卦，刀叉攥在拳头里，吃土豆要剥皮，用没有茶托的茶杯喝茶，用碗吃主菜，也用碗喝汤。灶台上烘着湿袜子，就像设得兰群岛其他地方一样。厨房伙计朝煤桶里吐痰。女人们高翘着脚，没女人样子。饭店经理吃饭时戴着便帽。在这里，他们很随意。

不过有个陌生人观察着他们。他将近三十岁，是美国来的农业技术员。至少他自己这么说的。安斯特岛上有人觉得他是间谍。他们有理由不信任他，因为欧文·戈夫曼实际上并非如其自称的是美国人，而是出生于加拿大，而且他感兴趣的并非农业技术，而是人们在日常生活中的行为表现。他是芝加哥大学闻名世界的社会学专业的博士生。他来安斯特岛作客，是为他的博士论文做调查。这篇论文后来成为二十世纪最富影响力的社会学专著之一：《日常生活中的自我呈现》。

厨房和公共餐厅对于戈夫曼的理论而言是理想的场所。从他对这两处地方的观察中，他论证了自我呈现的空间特征：在具有清晰定义的场所内，人们采用相应的具有清晰定义的方式呈现自己。所有人都这么做，戈夫曼说，不只是机会主义者。他们努力在社会互动中使用适宜的技巧。他们看重的是"印象管理"。因此，欧文·戈夫曼对饭店餐厅与厨房之间的那道门极感兴趣。这道门给两个舞台划定了界限，区分了"台前"与"幕后"。女招待员希望门一直开着：因为她们要端来送往沉重的餐盘，因为她们需要观察客人，因为她们自己反正一直在被人观察，是"台前"的一部分。饭店经理想要把门关着。他需要清晰定义的场所——"台前"当权威，决定事情的运转，"幕后"厨房中则边侃边吃，旁边坐着吐痰的洗碗工，灶台上烘着湿袜子。每天总有人把餐厅与厨房之间的门要么大力拉开（女招待员），要么大力关上（经理）。那时，据称的美国农业技术员真的想到了一个技术上的点子。他建议在门上安一小扇玻璃窗，从而大大方便了女招待员的生活。[128]

★

学徒雅克·丕平不是通过"言传"学做菜，而是通过"身教"。菜谱是不重要的。在"欧洲大饭店"的厨房里，他的感官变得敏锐起来。确定肉是否已熟，他只需手指一按。他的耳朵通过掰苹果的声音帮他辨别苹果的新鲜度，通过折芦笋的声音帮他辨别芦笋的新鲜度。当鸡在烤炉里歌唱——如厨房里的人常言的那般，就意味着快烤好了，因为那是脂肪在宣告。他学会辨闻梨、橙子、番茄、甜瓜的不同气味，只要它们恰好达到了该有的成熟度。

学徒期满后，他从布雷斯地区布尔格来到巴黎。他先在蒙马特大道的马克塞维尔餐厅工作，那儿的客人就餐时会有女士弦乐队伴奏。那儿的厨房对他而言过于简单，只用做诸如肉末酸菜与洋葱汤等小饭馆菜式。他继续找新地方。他在莫里斯餐厅当过厨，那是德占期间德国将领们的固定餐馆。那儿的主厨用扩音器传达指示。丕平负责蔬菜和汤，觉得无聊，又另谋新餐馆。他在圆亭餐厅找到了职位，那是位于蒙帕纳斯的一家餐馆。有一回，招待员贴着厨房与餐厅之间的门喊他，把一个客人指给他看。那客人独自坐在桌边，穿一套掘墓人的西装，戴一副重框眼镜，头发杂乱，一个让人讨厌的男子，不做任何招人喜欢的尝试，一个埋头于餐盘中的男子，边看书边咀嚼：那是老顾客让-保罗·萨特。圆亭餐厅的主厨大概是最后一个留着希特勒式胡子的巴黎人。跟他起了几次冲突后，丕平递了辞呈。

他在雅典娜广场酒店找到了专业用武之地。四十八个厨师在这儿工作。他们在不同的餐台间轮动，就如一支古典法国部队。他们是全能主义者，对厨房的每个领域都了如指掌。每个厨师都会每个餐台的每种手艺。他们每年能休假五周。他们有一个专用的护士，还有一间藏有文学与哲学书籍的私人图书室。他们在塞纳河上有自己的赛艇，他们有自己的足球队、篮球队。他们备受宠爱，但他们却没有创意，没有个性，从来都没有。这里的厨房没有表达自我的空间。一切严格按照厨房里未明文写出的规定来运作。要是哪个人准备了某道特殊的菜，也绝不会受到客人的注意。在这样的系统里，雅克·丕平感到舒适。[129]

★

维尔茨堡大象路的餐馆在1952年有了一对新债主。妻子雅妮娜·施密特，是个芭蕾舞者。丈夫尼古拉·迪·卡米洛，是个有经验的服装售货员，曾在一家美国士兵俱乐部干过招待主管。卡米洛清楚美国大兵喜欢吃什么。他想针对他们开家"比萨店"。一个意大利朋友，之前也为美国军队服务过，负责厨房里的事。

餐馆的拥有者看到事态紧急，出面要求必须保留餐馆的原名。债主们则另有看法。他们互退了一步。饭馆的新名字叫"乌芬海姆小酒馆：卡普里沙滩"，1952年3月24日开张。这是德国的第一家比萨店。

德国人很少光顾这家餐馆。许多人没能力支付饭钱，或者他们对异国的食谱有所顾虑。美国大兵是施密特与迪·卡米洛的主要客源。他们吃的是"肉丸意大利面"——这是迪·卡米洛的家乡阿布鲁佐的一种特色食物，同时还有一份美式标准餐。[130]

二十年之后，德国的比萨店每年将能创造上亿马克的营业额。被视作"外国菜"的比萨将会改变联邦德国的面貌。意大利餐馆尤其被看作新型的生活乐趣,被看作浪漫,它们给德国城市引来了意大利风情。菜品、招待员、内部装修带给德国的是一种全新的自由与感性氛围。意大利移民的行为是"榜样",这是历史学家马伦·默林在乌芬海姆小酒馆翻新六十年后的看法。意大利人的饭馆是"大众文化适应异质者的地方",是"与'他者'展开民间交往"的机构。对移民而言,政治参与的可能性深受限制,但他们的餐馆却给德国社会打下了烙印。[131]

不久后,法兰克人越来越有钱,顾虑则越来越少。乌芬海姆小酒馆的名声愈发显赫,餐馆名字中的德语部分可以去除了——餐馆改名"卡普里"。两年后,债主夫妇去意大利度了第一次假。紧接着,他们比照"蓝洞"① 的风格翻修了餐馆。地下室用了大量石膏伪装成地狱模样,吧台则弄成威尼斯游船的形状。怀着浪漫情调的维尔茨堡男男女女在这里幽会。1961年,专业杂志《厨房》预言,"比萨将成为我们国家的一员,并找到它的朋友们"。[132]

★

克雷格·克莱伯恩和一位女士坐在纽约"殖民地"餐厅里,他们的餐桌位置很差。他是人造黄油品牌弗拉夫的公关人员。他向傲慢的斟酒侍应生点了一瓶普里尼-蒙哈榭葡萄酒。他只订到这张小小的餐桌,远远缩在餐厅后部的无人区,因为

---

① 意大利卡普里岛的一处景观。

他,克雷格·克莱伯恩,是个无名小卒。至少在当时,1956年那会儿。他来自密西西比,参加过"二战"和朝鲜战争,毕业于新闻专业,曾在洛桑一家举世闻名的酒店学校受过培训,梦想在大城市的媒体业谋个光鲜的工作。可是至今为止,他一事无成。弗拉夫黄油因其浓郁的黄色色素至少在颜色上近似于黄油。克莱伯恩写了一本食谱,推荐美国人用弗拉夫黄油来烘制糕点。他甚至建议婚礼蛋糕亦用弗拉夫黄油。此时,他正在"殖民地"向对面的女士——一位杂志编辑——做详细解说。她对弗拉夫黄油应该也会有兴趣,应该尽可能在她的杂志上刊登一份以弗拉夫黄油为底料的菜谱。

斟酒侍应生回来了。他是个特别严肃、瘦削的男子,像机器人一般为克莱伯恩服务。那个时候的纽约,法式餐厅最会装模作样。斟酒侍应生往克莱伯恩的杯子里倒了几滴所谓的普里尼-蒙哈榭。克莱伯恩的眼角余光瞟到瓶身贴着"夏山"字样,但他不动声色。他端起酒杯闻了闻,让酒在口中转几转,咽了下去。他说:真是奇怪,但这酒尝起来像夏山-蒙哈榭。先生,侍应生回答说,这是正宗的普里尼-蒙哈榭,不是夏山-蒙哈榭,尽管两家酒庄在勃艮第离得不远,但完全是不一样的葡萄园。克雷格·克莱伯恩表示怀疑。他要求看看酒瓶。从此以后,他再也不是无名小卒了,至少对于"殖民地"餐厅而言,甚至那儿的经理也想结识有着不可思议的红酒味觉的他。如果为弗拉夫黄油争取客户时需要光顾那里的话,他订到的餐桌再也不会是差位置。[133]

★

盖尔·格林在1956年也不甚清楚自己应当着手做什么。她二十一岁，新近从大学毕业。她想成为记者。当时她待在密歇根州的底特律家中，为合众国际社工作。一件事鼓动了她：埃尔维斯·普雷斯利来底特律了。他要举办两场露天演唱会。盖尔·格林是他的大歌迷。她写信给埃尔维斯的经纪人帕克"上校"，表明她想跟埃尔维斯共度一日，以便为合众国际社写篇报道。这是个疯狂的念头。她得到的全部回复是一张参加官方新闻发布会的邀请函。

尽管如此，她将会跟埃尔维斯上床。因为她跟一个保镖调了情。因为她在新闻发布会上把自己与周围的男性记者做了清晰的区分。因为埃尔维斯望向她，让她红了脸。因为被她使计调情的保镖带她溜进了埃尔维斯的酒店套间。因为埃尔维斯问她是谁，她胡乱说了些新闻报纸、合众社以及帕克"上校"，他接着握住她的手，把她领进他的房间，关上门，褪下裤子，躺上床，看着她把自己脱光。他们在二十四楼做爱，做爱时盖尔听到大街上的姑娘们在喊"我们要埃尔维斯"。这些声音遥远无比，无比遥远。

盖尔·格林写下了她跟埃尔维斯的约会，在她已然位列美国重要的美食评论家时。她在六七十年代为杂志《纽约》探寻城市中最棒的餐馆。她把性解放与饮食革命联系起来。在盖尔看来，在餐桌与床上参与感受快乐、记录快乐的是同样的身体部位。充满欢愉的呻吟与烤得倍儿棒的土豆，两者都需经由嘴巴并非纯属偶然。

至于她跟埃尔维斯的偷欢，盖尔·格林无法记起所有细节，但她仍记得埃尔维斯在做爱后没多久就说他现在必须睡觉，记得她在浴室穿衣服，记得他还请她帮忙从客服部点一份煎蛋三明治。埃尔维斯的性器什么样？做爱感觉好吗？谁在上、谁在下？她都忘了，但煎蛋三明治留在了她的记忆中。她毕竟是个美食评论家。[134]

★

四分之一个世纪以来，阿尔弗雷德·科林的工作就是培训餐饮业学徒。如今他写了一本书，想借之使民主德国的招待员们进一步了解自身职业的"理论与实践"。他与莱比锡火车站米托帕餐厅的员工们合作。科林编写文本，莱比锡的同事则帮他配图。图片旨在展示拿餐巾的错误方式，同时展示怎么正确地拿餐巾，展示怎么把桌布折出第一道纵褶，再折出第二道、第三道，展示怎么侧面收拢。擦净餐盘、擦亮餐刀、擦亮餐叉：没有哪个细节是微不足道的。科林提醒招待员注重正确地打理头发、牙齿和双脚，注重随身携带的小工具：招待员专用餐刀、雪茄切削器、火柴盒、削好的铅笔、记事本。他给他们讲解各类知识：与汤、蛋、鱼、肉、烟草有关的，与啤酒、红酒有关的，与怎么正确给带两个孩子的家庭铺设早餐桌有关的。

科林在1956年出版了这本专业书,它随即成了标准参考书。书中所处理的远不止擦餐具与切雪茄等问题。科林认为招待员是一个平等社会中的特殊角色。在这个社会中,服务人员不再是曾经"供人驱使的灵魂",被人"高高在上地对待"。招待员——依科林之见——如今是同事。他还阐明了决定服务工作好坏的若干密码:"好的招待员干活时友好而敏锐、得体而诚实、干净而认真,这一点自始至终都有效。""识人之道"亦不可或缺。没什么比确切地观察客人更重要:其步态与表情,其身姿、讲话方式与音调。客人分"自信果断的客人"和"犹豫不决的客人"。类型之丰富从亲切健谈的到紧张不安的、从疑虑不信的到自吹自擂的,各不相同。识人这事不简单,科林以斜体字警告道:"**客人的情绪很容易发生变化**。"于是,他又重申他的基本观点,即把招待员看作敏锐性与情绪灵活性方面的典范,他建议"小心观察、恰当应对"。[135]

★

雅克·丕平的兵役是给戴高乐总统当厨师。后来他离开了法国。1959年9月12日,他抵达纽约。他起步于曼哈顿最好的法式餐厅"帕维侬",但他兴致索然。美国蔬菜、水果、香草在他尝来远没有法国的有味道。牛肉的韧性不够。没有龙虾,没有地中海鱼,没有巴黎厨房常见的木炭烧烤。准备前菜的厨师不是六个,只有一个,而且还只会做烤菜,这让丕平失望。更令他失望的是霸道的餐厅老板亨利·索尔,他像个"夸夸其谈的暴君"。他的大喊大叫让人神经紧张。

除此还有一个更加根本的缘故。多年来，"帕维侬"不曾给员工涨过工资，据说是因为餐厅资金窘迫。但索尔却一再地给欧洲贵客、电影明星免单。鱼子酱、香槟、甜点都任其免费享用。谁若是大名鼎鼎，在"帕维侬"绝不用付钱。

丕平入职八个月后，冲突爆发了。主厨弗雷尼无法再忍受索尔，辞职了。其他厨师想学他辞职。雅克·丕平试图把法国的劳工斗争方式引入纽约：跳槽纵队。他建议，所有厨师一起从"帕维侬"离职。

这个方案传到了强势的纽约餐饮工会的耳朵里。他们的反应是派了一帮强壮的黑社会代表到餐厅厨房。这帮人让瘦削的丕平选择，要么放弃离职计划，要么不怕缺胳膊少腿，并且永远不能在纽约继续工作。很有说服力的说法。"跳槽纵队"流产了。尽管如此，厨师们一个接一个声称有病，"帕维侬"最后不得不关门大吉。戴高乐曾经的厨师也必须另谋出路。[136]

★

来自大阪的餐厅老板白石义明发明过一种移动厕所。他爱好手工，喜欢钻研，充满好奇心。1953 年他拜访了一家酿酒厂。他惊讶地看到传送带拉着啤酒瓶在整个厂房内移动。这幅景象令他不能忘怀。他和一名工匠一块儿投入一项新发明，这项发明将彻底改变日本饮食的历史。在他拜访啤酒厂五年后，"元禄寿司"开业。餐馆里，一条钢制传送带按顺时针方向回转，送来一碟碟寿司。回转带的速度精确到每秒八厘米。这个速度恰是客人观察寿司、做出决定、取走寿司所需的。传送带太慢会让人心焦，太快则让人忙乱。他的寿司像卫星一样环绕，这是白石义明用太空时代的语言打出的广告。

寿司最早仅仅是一种小吃，在引入回转带之前的时代亦曾是日本最雅致的料理之一，六七十年代则成为一种快餐，其中受到的支持更多来自民众，而非精英和高科技。"元禄寿司"极有效率。厨师不必等待顾客，顾客不必等待食物，下一轮顾客不必等待前一轮，因为后者会收到尽快腾出空位的指示。白石义明的商业模式在整个日本得以扩散。他学习美国汉堡连锁店的成功案例建立了分店系统。

寿司的崛起联合了美国的技术与日本的传统，受到文化与经济全球化的驱动。在美国人进占前，金枪鱼对日本人而言是劣等鱼，太肥，过于油腻。在美国大兵及其推崇的牛排的影响下，日本人的口味完全改变。金枪鱼大受欢迎，尤其对寿司而言：在白石义明的回转带上，在酒吧或餐馆，起初是日本境内，尔后是全世界。[137] 未及几十年，金枪鱼已濒临绝种。[138]

★

沃尔夫拉姆·席贝克试图发现法国美食，但大失所望。他搭便车到南部，到处只有牛排跟薯条。他乘车到巴黎，没钱进餐馆，吃的是油浸沙丁鱼，喝的是便宜甜酒。再次启程去南部、去蔚蓝海岸地区的路上，他结识了一位美食家，被带到一家所谓的出类拔萃的饭馆。奶酪片上的东西爬满了蛆,美食家就着红酒大口吞下蛆跟奶酪。年轻的沃尔夫拉姆·席贝克恶心到吐。

比起旅行,书给他留下了更深的印象。烹饪书《男人们喜欢吃啥》出版于1954年,丝毫没有"缺乏想象力的旧德国"气息。没多久,他又发现优雅的美食家约瑟夫·韦克斯贝格。后者把"锅碗瓢盆里的东西跟贝多芬的协奏曲或者莫扎特某部交响乐的第三乐章"作对比,给席贝克打开了一个"陌生的世界"。[139] 不久后,席贝克从画画转向写作,报道法国的电影节——而且运气颇佳。这下他可以找到令他印象深刻的餐馆了。先锋电影抑或美味食物,哪样让他更激动呢?这个问题不好回答。

★

1960年2月1日,北卡罗来纳州,格林斯伯勒。约瑟夫·麦克尼尔、大卫·里士满、伊谢尔·布莱尔和富兰克林·麦凯恩一起去吃饭。他们相约去伍尔沃斯商店。那儿的就餐区有一张长餐台,围在一圈粉红色玻璃之中,供人们进食午餐。四人均是北卡罗来纳州农业与技术学院的大一学生。他们不是为了吃饭而去吃饭,他们要抗议美国南部的种族隔离,这种隔离规定,类似伍尔沃斯商店里的那种餐台不允许招待像他们一样的非洲裔美国人。

富兰克林·麦凯恩当时十七岁,只是简单地想尝试一下新的方式。他后来说道："我们想要突破我们的父辈已经做到的。"约瑟夫·麦克尼尔也在场，他见识过南部以外的世界。他的家在纽约。每次他从家乘车回大学时，发现从一个城市到另一个城市，吃饭变得越来越困难。在费城，他在火车站随便哪处还能买到一些小吃。在弗吉尼亚州的里士满，热狗摊已然只为白人服务。而在格林斯伯勒，更南的南部，种族的分界愈发分明。抗议前一晚，四人讨论了白人在日常生活中的统治地位。他们自发决定做点儿什么。

于是，他们在"白人"餐台坐了下来。女招待员是个非洲裔，不给他们服务，对他们说："你们这种人给我们的种族丢脸。"他们坐着不动，就在粉红色的玻璃前，一下午动也不动。那个时候的美国南部各州，任何对种族隔离潜规则的反抗都是一场冒险。对非洲裔美国人的暴力屡见不鲜。五年前，一个十四岁的少年在密西西比州被私刑打死，只因他跟一个白人妇女说话。[140] 不过，这四个年轻人很勇敢。

★

德国的作家跟他们的新国家起了争执。1960年，沃尔夫冈·魏劳赫出版了《我在联邦德国生活》。他在前言里写道："富裕降临在我们头上，几乎将我们吞噬。"他批评同时代的人，用吃"代替思考"。魏劳赫认为作家的任务在于"践行批判，满含激情、忘乎自我的批判"。

魏劳赫为此使用了一个概念，并迅速成为流行词。"时代批判"成了联邦德国境内的主题词。围绕着法兰克福学派,围绕着四七社,产生了一批新左派知识分子,他们想要与联邦德国政府对消费的倾注划清界限。[141] 对于很多知识分子而言,联邦德国实际上要到六十年代初才建立。他们看重的是以批判理论的精神对社会实施变革。[142]

杂志《twen》自1959年起开售,有意地另辟蹊径。该杂志是联邦德国第一本真正的现代杂志,注重创意编排、高标准摄影以及不过分逼真的色情图片。它报道普罗旺斯,报道托斯卡纳,把这些地方塑造成新世代的愿望之地。不是批判,而是消费之乐决定着这本杂志。工会刊物《皮革-回音》把它比作"德国企业联合的广告目录"。[143]

沃尔夫拉姆·席贝克作为漫画家为《twen》工作,不过他的烹饪手艺也为威利·弗莱克豪斯——杂志的共同创办者与艺术主管——所熟知。于是,后者在六十年代把他变成了美食作家。席贝克为《twen》写了第一篇餐馆评论(有关马克西姆餐厅)。他报道了在阿尔萨斯地区阿梅尔斯克维镇著名的"法兰西武装"餐厅举办的烹饪班。他头一回以记者的身份发表了一个食谱:在最为炫丽的德国杂志上,大篇幅出现了"金枪鱼酱牛肉"的做法说明。这道菜还未曾被人用德语描述过。沃尔夫拉姆·席贝克也为联邦德国的新建做出了贡献。[144]

★

什么坏事也没发生在伍尔沃斯餐台的四名学生身上。他们没得到服务,他们也没受到攻击。他们在当天晚上还找到其他同学,鼓动他们加入抗议。第二天,一个星期二,二十三个非洲裔大学生坐在了"白人"餐台旁。星期三则有八十五人。商店经理们束手无措。格林斯伯勒是个相对自由的城市,因此经理们不敢擅用暴力。一直到星期六,四百个大学生进入伍尔沃斯,事件开始升级。白人小年轻和三K党的成员向活跃分子发出威胁。商店经理也恐吓要叫警察。

餐台成了一场新的黑人抗议运动的能量中心。非洲裔美国人组织以前大多只对种族犯罪事件和歧视事件做出回应。开先河的律师或牧师如马丁·路德·金引领了民权抗议运动。但在伍尔沃斯餐台旁坐着的,却是不想再等待某个事件发生的年轻人。他们自发行动,而不是被动回应。他们不再躲藏在领袖人物身后。他们不仅造成餐台另一面的工作人员神经紧张,还新创了一种在整个南部诸州扩散的抗议方式。[145] 田纳西州的纳什维尔,活动家詹姆斯·罗森开始训练年轻人怎样静坐。他们学习怎么靠近餐台、离开餐台,学习在有人上厕所的时候怎么帮其占位,学习穿什么样的衣服:男人们穿西装、打领带,女人们穿连袜裤、高跟鞋。距离格林斯伯勒的自发行动仅仅几天之后,纳什维尔便开始了静坐。整个城市到处有年轻的非洲裔美国人坐在只为白人服务的餐吧旁。他们要求得到服务。

这场运动还在其他三十一个城市扩散开来。它持续时间久,且坚定不移,同样成了白人学生抗议的模式。在身为震中的格林斯伯勒,静坐大获成功。伍尔沃斯商店的餐吧不久后即同时面向黑人和白人开放。

1960年9月，抗议行动半年后，约瑟夫·麦克尼尔从纽约返回格林斯伯勒。作为抗议运动四先锋之一的他进入第二学年。目标已然达成。他可以在伍尔沃斯吃饭。他再次坐在粉红色的玻璃前。但食物很乏味，麦克尼尔觉得，甜点苹果派也不是很好吃。[146]

★

白鲸鱼子酱和伏特加：这是给约瑟夫·韦克斯贝格上的第一道菜。1962年，他坐在曼哈顿重新开张的帕维侬餐厅的一张长条桌旁。接着上的是"索蒙-布列特慕斯"，尔后是"里脊牛排"（配以1947年份白马酒庄葡萄酒），第四道菜是"涅瓦鸡冻"和"高卢沙拉"，随后是"法式乳酪"，配一瓶唐培里侬香槟。最后还可以期待甜点"埃里卡冰糕"与"蜜钱"，以及非比寻常的勃艮第白兰地。尤其让人惊喜与愉悦的是：他不用付账单。这顿为他和他的十九名客人准备的大餐由餐厅买单。[147]

约瑟夫·韦克斯贝格值得这顿免单。他给《纽约客》写了一篇关于"帕维侬"的长篇报道。这篇报道又形成了一本书，一本从方方面面介绍餐厅的书，或者说，好的那些方方面面。"帕维侬"内部复杂的员工斗争依旧遭到韦克斯贝格的忽视。他写就的是一首赞歌，献给他所能想象出来的最雅致之餐厅。新主厨克莱门特·葛杭吉耶被他赞为厨房"绅士"，焖肉汁不会少于四十八小时。他充满爱意地描绘葛杭吉耶的铜锅。他称赞餐厅招待尊贵客人的方式，比如用银制香槟杯为约翰·肯尼迪盛他最爱的冰牛奶。

不过韦克斯贝格的溢美之词首先要献给帕维侬餐厅的老板亨利·索尔。雅克·丕平所认识的索尔是个咆哮的暴君，韦克斯贝格——美食家与音乐爱好者——则把他比作伟大的指挥家。就像分析一部复杂的曲谱，他将客人安排至餐厅中的各处餐桌，确保每个人心情愉快，餐厅氛围尽可能地优雅迷人。索尔以外交家般的高超手腕应对每个不知羞耻的客人，若即若离地面对欢颜巴结的美食家，令韦克斯贝格印象深刻。他不仅去索尔的夏日度假屋参加过宴会，有一回还曾跟"大师"一起在街边啃过几个热狗，这让他雀跃不已。

作为一个在欧洲与美国之间往返的人，每次启程前往旧世界前，约瑟夫·韦克斯贝格都会去一趟"帕维侬"，比如赴法国维埃纳省为《纽约客》报道大师级厨师费南德·波伊特的金字塔餐厅。他绝大多数文章都在探究美、优雅与奢华，都在描绘高档酒店、珍贵小提琴和精美佳肴。[148]

韦克斯贝格极其符合《纽约客》的品位，后者为他在美国赢得了一席专业之地。《纽约客》在"二战"后的美国自我定位为文明的守护者。它指引的道路通向魅力非凡的物品与想法，可帮助读者与毫无趣味的大众文化划清界限。它自认为代表着理想美式民主的声音，深深折服于美利坚合众国的独特性。[149]

对韦克斯贝格而言，"帕维侬"不光是一个餐馆，更象征着美国之为消费社会的光鲜。他珍视厚重的地毯和洁白的桌布，珍视巴卡拉玻璃杯和墙上的香榭丽舍装饰画。他贪恋"皇家肉汤"（要熬四个钟头）和"帕维侬炸弹"（一种用香草冰淇淋、咖啡冰淇淋、梨、苹果、桃、菠萝混合做成的甜点，淋上樱桃烧酒，再拿火点燃）。这些美食记忆可以让他忘却"生活中那些令人惊恐的片刻"。韦克斯贝格指的是曾经尖锐批评"帕维侬"的"马克思主义历史学家"，还指未来的社会学家，他们可能把"帕维侬"视作"曼哈顿之丛林状态"的例子。对他自己来说，"榛果奶油"与昂贵香水的香味只让他得出一个充满讽刺的结论，即人们可以在这里体验"万恶资本主义与美好滋味的大获全胜"。

然而，"帕维侬炸弹"并没有把约瑟夫·韦克斯贝格身上的批判知识分子色彩炸得殆尽。他承认，有时候不得不把"帕维侬"的价格视作西方文明堕落的证据。事实上，这里一顿饭的价钱可以买到"许多食物挽救饿死的非洲儿童或者挨饿的贫民"。这是一个道德难题，是韦克斯贝格向自己提出来，又被其匆匆以冷战之名规避的难题。谁若以此为论据发起辩论，谁便无视东方同样举办如此奢侈的欢宴，无视那儿的顶级餐厅只准部分人入内。反之，"帕维侬"却是一个民主的、向任何人敞开的地方。在这儿花了钱的人，绝不会被禁止入席——无论是享用西方顶级的鱼子酱，或者"精美"的贝阿恩酱汁，或者用樱桃酒点燃的"炸弹"。[150]

★

那是1963年5月28日。这天晚些时候，两个年轻人会把女大学生安妮·穆迪从她在商店餐厅的餐台座位上拉开,揪着她的头发朝门口拖十来米。之后再过几个小时,她会走进一家美容店,请那儿的一个员工帮她清理头发上的番茄酱、芥末和糖。晚上她会来到一座座无虚席的教堂——密西西比州杰克逊市珍珠路教堂,而教堂里的所有人会为她鼓掌,经久不息。

对于这些,她现在仍一无所知。上午11点整,她跟两个同学孟菲斯、珀尔莱娜一起踏进杰克逊市的伍尔沃斯商店。她们在入口处分开,各自四处看看,买了些小物什。11点14分,她们在餐饮区附近碰头。不到11点15分,三个年轻女士按计划在餐台边就坐。

在格林斯伯勒,大学生的静坐毫无预兆,并很快取得成功。但美国南部诸州的种族隔离不会仅仅几个星期即被打败。相对自由的北卡罗来纳州和一个深处南部腹地的城市,诸如密西西比州杰克逊市之间,有着天壤之别。没人知道今天会发生什么。因此,大家做了充足准备。安妮·穆迪是小组发言人,警察与媒体亦已得到知会。

安妮和她的两个同伴试图点餐。女招待员让她们去餐吧的"黑人"区。安妮回答说,她们想要在这儿,在"白人"区点餐。女招待员立即关了灯,撒腿跑了。她大概害怕马上会爆发暴力。

招待员搞错了——表面上而言。餐台上挨着安妮坐的一个白人女孩看不到逃跑的理由,慢慢吃完她的"香蕉船"冰淇淋。另一个白人妇女跟安妮她们搭话,说她乐意留下来跟她们在一块儿,可惜她的丈夫还在等她。记者们进入餐饮区。他们拍照，提问题。安妮说："我们想要的只是点餐。"一切很平静。

情况的变化发生在午休时，白人高中生踏入伍尔沃斯。他们谩骂餐台旁的三位年轻女士。他们找来一根绳子，绕成套索，试图套到三人头上。越来越多的白人学生和成人涌入商店，给三人小组施压。安妮、孟菲斯、珀尔莱娜请求让她们安静一会儿。这下把人群激怒了。三个女大学生被推倒在地，拳打脚踢。孟菲斯被一个警察拉走了。安妮与珀尔莱娜再次回到餐台坐下。人们侮骂她们是共产主义者。安妮被拖开，又回到餐台。人们把芥末和番茄酱抹在她身上，把糕点和糖粉扔到她身上。一大帮警察站在伍尔沃斯商店门前，无动于衷。一直等到安妮就读大学的校长出现，谈妥了撤出商店的事，她才离开餐台旁的座位。商店前围观的人再次朝她乱扔杂七杂八的东西。

安妮·穆迪后来在自传中写道，她始终憎恨密西西比的白人。经历了伍尔沃斯餐台的那个上午，这种恨才停止。她意识到这些人都患着"病"：一种晚期的"无药可治的病"。[151]

★

罗尔夫·安舒茨，曾经的招待员，受到认证的服务高手，经过培训的厨师，在1965年的冬季爬上许多旧餐馆的阁楼，寻找软垫椅子。遥远的未来，会有一位电影制作人找到安舒茨，对他做几小时的访谈，并以此为底本拍出一部电影，于

2012年10月登陆影院。但是这会儿，三十七年前，柏林墙才建好还没几年，安舒茨在按个搜寻民主德国图林根州苏尔市的阁楼。

他刚刚在事业上遭遇了一次转折。尽管两年前他成功修读了餐饮工程经济学的远程课程，却从贸易联社区一级的饭店主任被降级为贸易联社位于戈达路的饭馆"武器制造者"的负责人。不过他至少找到了他需要的椅子。他把合适的椅子的椅腿锯断，相同的椅子则跟一张小圆桌搭配起来。他把圆桌钉在两个饮料木箱上，涂上蜡膜。[152]

安舒茨并非民主德国的出色公民。即便如此，他对政治与社会的发展仍有自己的反应。六十年代中期，民主德国向它的公民们赠送了更多的闲暇。一周工作时间被缩短。每隔一周，周六不用上班。由于住宅空间的局促，人们在这几天纷纷出门，去咖啡馆、去餐馆。罗尔夫·安舒茨想要给他们提供一些选择。他是贸易联社的职工，负责一家饭馆的命运，虽然饭馆并非为他所有。但那是他的生活所系。[153]

他需要锯掉腿的椅子和桌子，因为他想把饭馆搞成一个日式料理店：在"武器制造者"内，用其富足的图林根式的厨房，制作远东的特色食物。他没有日式料理菜谱，但必要的知识已经在莱比锡的酒店学校学得差不多了，通过一门"世界菜式"的课程。他会一道菜：寿喜烧。食材在苏尔市都可购得：牛肉、蘑菇、洋葱、白菜。于是乎，他开启了苏尔市日本料理之夜的传统。客人们进餐与端坐的样子，恰如身处日出之国。

"武器制造者"的第一个日本客人向他透露了另一份食

谱，并从远东给他邮寄食材。这下，安舒茨可以做出第二道菜。1966年，第一拨日本记者采访了他的餐馆。这是一段悠久跨文化交往的开端。安舒茨潜心研究神道教。他搞清楚一个事实，即日本在长达两个世纪的时间里孤立于世界之外，十九世纪后期打开国门后不久便转而学习德国文化。这是苏尔市的食客都会首肯的历史。"我虽然生活在德国，"罗尔夫·安舒茨后来说，"但我的灵魂在日本。"[154]

★

1970年，曾经在布雷斯地区布尔格当过学徒的雅克·丕平，开始在哥伦比亚大学攻读文学学士学业。他的毕业论文以莫里哀的作品为主题。他继续在学术道路上深造。成为十八世纪法国文学史的硕士是下个目标，有可能的话他还想读博士。

他拒绝了去白宫给肯尼迪做饭的机会。他为当时最大的连锁餐厅之一豪生集团工作。在皇后区一处巨大的仓储综合体内，他为集团的许多分店研发新食谱。他所投身的事情对于一个顶级法式厨师而言其实不可想象：他做的菜会被深度冷冻，到餐馆后再重新解冻。丕平的团队用的汤锅能装将近四千升水。他们一个批次要制作二千五百份红酒烩牛肉，一天要给一千五百只火鸡去骨，煮小牛肉汤需要三千磅牛犊骨、两百磅洋葱、一百磅芹菜、一百五十磅胡萝卜、四十四升罐头番茄、两袋盐和一磅胡椒子。丕平觉得自己的角色是美国"食物革命"中的一个"士兵"。对他而言，他说，这份工作打开了一个"全新的烹饪世界"。美国人,尤其是豪生餐厅的客人,比法国人要开放得多!155

学术世界没那么开放。作为一个符合攻读博士学位全部条件的学生,雅克·丕平向导师建议了一个博士论文项目。他想把文学研究与厨房体验结合起来。他计划研究法国文学中的饮食。从十六世纪比埃尔·德龙沙的《沙拉赞歌》到福楼拜《包法利夫人》中的婚宴,再延伸至普鲁斯特对玛德莱娜小蛋糕的追忆。他的导师否决了他的计划。这个主题太过平庸。156

★

加利福尼亚州,伯克利市,艾丽丝·沃特斯把餐馆的员工做了分工。意大利学博士生,让他当经理。主厨,让哲学女博士来做,虽说她从未在饮食行业工作过。作曲家兼音乐批评家,酒保的位置给他。糕点师的话,沃特斯找来一个女性朋友,她俩都毕业于法国文化史专业。她的餐馆,"潘尼斯之家",是依据马塞尔·帕尼奥尔作品中的一个主角命名的。

1971年8月28日开业时,餐馆遵循简易法式餐厅的模式,仅提供一份固定菜单:"鳟鱼馅饼""橄榄烤鸭",甜点则有李子蛋糕,餐价总计3.95美元。两周后,员工们收到一封信函,得知他们的工资很遗憾地不能全额支付,他们每人会拿到约定工资的十分之一,同时,欢迎不急需这十分之一工资的人把钱还给餐馆,以便发给经济窘困的同事。157

"潘尼斯之家"将会成为在美国广具影响的餐馆,艾丽丝·沃特斯会成为慢食运动的国际明星。餐馆开张三十多年后，记者乔治·派克会将餐馆视作美国精英自我怜爱的象征，对他们而言，烹饪技巧与生物纯净比国内快速骤增的社会不平等更加重要。他把沃特斯称作"红萝卜女王"。[158] 同一时间，将有一个经济学家团队考察"潘尼斯之家"，并将其视为一种"开放的创新经济系统"的闪亮范例，一种经济模式的范例，注重参与者之间的知识共享、信任共享，注重个体的持续发展。[159]

这些意见仍远在遥远的将来。几十年里，"潘尼斯之家"身陷财务困境，不能脱身——原因亦在于艾丽丝·沃特斯似乎缺乏经营头脑。她不愿意增加更多的餐桌，挣更多的钱。就餐区的布置应当继续保持简朴。不停地有客人受邀，要么喝香槟，要么品甜点，要么吃整顿晚餐。餐馆营业头一年，员工们就喝掉了价值三万美元的红酒。毒品也是每日生活必备。而对于"潘尼斯之家"的财务困境以及餐馆在文化史上的意义具有根本作用的一点是：食物质量方面，艾丽丝·沃特斯决不让步。食材必须从头到尾用最好的。

"潘尼斯之家"象征着工业化餐饮向所谓的简食的回归。地方性饮食重获生机。采集食材亦成为餐馆经营者的工作：朋友花园里的香草，周围大河小溪边的水芹，路旁的茴香。艾丽丝·沃特斯给加利福尼亚带来了一个法国理念："乡土"理念及其对生活与享乐所富含的独特意义。学生运动已然远逝。如今的年轻知识人，如"潘尼斯之家"的员工们，在伯克利市的铁轨路基边找寻黑莓。[160]

★

保罗·博古斯用绿豆与番茄做的简单沙拉，特罗斯葛罗兄弟做的香草蛙腿：这是亨利·戈特与克里斯汀·米洛发起他俩的法国革命时所援引的两道菜。戈特与米洛觉得，遭到遗忘的味觉特性——简朴与易消化或可带来一种"新料理"。这种想法在饮食历史上并不新奇。伏尔泰就曾抱怨他的胃没法好好承受"新料理"。不过，在一个法国文学主打新小说派、电影主推新浪潮的时代，这个想法却尤显应景。[161]

戈特与米洛于1973年推出了"新料理十诫"。戒律中有些部分极为细致，诸如不要过度烹煮，使用新鲜、高质量食材，食物要易于消化，不用卤汁，不用风干的野味，不用酵母，不用棕色和白色的酱汁。两位作者还很有哲思。必须"系统地现代化"，他俩宣称。必须研究新的技艺。摆盘时不要耍诡计——第十条，也即最后最重要的戒律是："你要独辟蹊径。"[162]

法式西餐后来焕然一新。菜单更简洁，口味更纯粹、鲜美。人们不再在餐桌上分割熟肉或者淋酒火燎。餐盘的作用日益凸显。每位客人会得到各自个性化的、刚刚烹制好的"艺术品"，像极了日本的装饰艺术或米罗与康定斯基的画。

一目了然的分量同样是整体形象变迁的组成部分。进餐馆吃饭，不应当追求大快朵颐，而应当追求苗条与高效。厨师米歇尔·盖拉尔即推崇清淡料理，主张少卡路里的菜肴。[163] 对于在意形体的美国人来说，这样的新料理正是最具代表性的形式。[164]美食评论家盖尔·格林拜访了盖拉尔的餐厅，品尝了盛在黄瓜酱与菠菜-梨慕斯中的鸡肉。她说，十天内她少了九磅。[165]

戈特与米洛的创造天赋还为他们实现了商业利润。新料理主义的餐馆评论家与厨师代表有着紧密合作关系。新料理越受瞩目，《戈特与米洛》（1969年创办的饮食指南）的印刷量便越大。指南的读者愈多，便有更多的食客出现在以小分量驰名的餐馆里。在靓丽的现代杂志上，媒体与餐饮恰到好处地相互交织，养活了一批新生代食物摄影师。餐盘成了几何构图的背景，这些构图又成为善于经营的厨师的图标。[166]保罗·博古斯，虽非新料理的先锋，却与其有着千丝万缕的关联，把餐饮业的地位上升归功于戈特与米洛发起的革命成果。"曾经我们服侍别人，如今换我们当主人。"他说。缘由在于：他在爱丽舍宫被接纳为法国荣誉军团的一员。[167]

★

巨大的烧烤盘：这是塔尔博特餐厅的闻名所在。至少是在伍斯特郡。其他多数食物来自塑料袋。勃艮第牛排、红酒烩鸡、橙汁鸭、蓝带猪排：它们全在低温冰柜里静候着成为客人的盘中餐。

今天是奈杰尔上工的第一天，他要干的活就是从冰柜里取出塑料袋。很快还有其他的活。因为塑料袋上的标签掉了，他必须通过专心的触摸来区分深度冰冻的鸡和深度冰冻的鸭。他要把虾浸在热水里解冻,要用香菜与橘皮点缀酥皮馅饼,把柠檬片固定在蟹肉鸡尾酒的杯沿上,用奶油玫瑰装扮水果派。

奈杰尔十五岁,头一次在餐馆厨房里打工。他将会回到这里。不久后,每个休息日对他都是折磨,因为他如此热爱工作。工作把他从家、从父亲、从父亲那个让他难以忍受的新伴侣身边解放出来。他寻获了一个新家——在厨房:一个活力四溢的家族。每周日会有员工聚餐,除了对客人说三道四,什么也不干。

这个饮食大家庭助力他成长。从厨师戴安娜那里,他学到了怎么把土豆烤得外酥里嫩,怎么煎牛腿扒和菲力扒,怎么切出洋葱圈,怎么调制爱尔兰咖啡,怎么混调蟹肉沙拉汁(蛋黄酱、番茄酱、少量剁细的香菜、稍微一点儿辣椒——如此异域风味的调料并不能赢得"塔尔博特"所有客人的欢心)。他学到冰山沙拉或许吃起来索然无味,但余味十足,因此在厨房里远比其他各种沙拉吃香。他还学到——但不是从前辈们那里——性是可以买卖的,只要偷偷给一个叫尤利娅的姑娘留一些牛排与饮料,带到餐馆后面的停车场交给她。

后来他的父亲死了,打网球时骤亡。于是,这段时光戛然而止,因为他必须远走,离开这处世界。不过几十年后,当年正处青春期的奈杰尔,伍斯特郡的厨房生手,变成了英国最热门的美食作家。在奈杰尔·斯莱特与食物打交道的一生中,他视"塔尔博特"为一站要地。他的自传叫《吐司》,章节有"炒蛋""柠檬棒棒糖""火腿"和"奶酪洋葱片"。《独立报》称赞斯莱特是"雀巢时代的普鲁斯特"。[168]

★

1972年3月16日，下午三点过后没几分钟，密苏里州，圣路易斯市，许多炸药齐齐爆炸。一整片住宅区被彻底炸毁。没人受伤。至少这一天没有。在这之前，很多人在这片叫普鲁伊特-伊戈的住宅区受伤。1955年开建时，它被赞美为面向未来的居住工程，但它却沦为美国最糟糕的贫民窟之一，毒品交易、贫穷、犯罪的聚集点。对另一些人而言，普鲁伊特-伊戈的炸毁则标志着现代主义建筑的终结。[169]

美国人山崎实设计了普鲁伊特-伊戈公寓。如今他再次受托接下一个极具意义的任务。他要赋予一座大都市以新的面貌，展现给整个美国甚至整个世界看。在其中一幢大厦里，山崎实规划了一家两层楼的餐厅，位于第106与107层，视野无与伦比。玻璃与钢筋在这里又一次发挥了令人惊叹的效果，正如现代主义先锋建筑师们所梦想的那样。

挑剔的城市规划师们却另有看法：他们觉得这个工程用人类的维度摧毁了这座拥挤的大都市。他们看到的是经济寡头和腐败政客之间的一次同谋，效命于全球资本主义。[170]

即便如此，大厦依旧开建。山崎实的选址恰位于十九世纪末、二十世纪初所谓的"小叙利亚"，那里遍布阿拉伯移民的商店与餐馆。这片区域曾经就像个巴扎集市。闲逛的人们可以惊喜遇见东方的织物与器皿。餐馆里供应羊肉串、果仁蜜饼、库纳法甜品。[171] 这种日子一去不返了。

纽约港务局负责新大厦的建造，设想把摩天大厦的顶部餐饮区打造成私人俱乐部：只允许内部的领导层成员，以及加盟曼哈顿下城联合会的商业人士出入。抗议声呼啸而来：纽约的纳税人为里程碑似的大厦出了资，却不被允许进去吃饭，这可不好解释。最终，第106与107层的餐厅被同样规划成向公众开放。[172]

餐厅的命名收到了两千多条建议。有人听到卡特丽娜·瓦伦唱的歌《世界之窗》，觉得只需把歌名稍作改动即可。[173]"世界之窗"餐厅于1976年4月19日开业，最后变身为美国最挣钱的餐馆之一，2000年创收三千七百万美元，2001年9月11日与世贸中心一同被撞毁，消失在那片曾因阿拉伯饭馆而闻名的街区上空。[174]

★

杜鲁门·卡波蒂在写一部小说，一部要像马塞尔·普鲁斯特的《追忆似水年华》一样的小说。他想表现二十世纪后期的社会面貌与精神面貌。小说中有一幕发生在曼哈顿第五十五大街的"巴斯克海岸"餐厅——"帕维侬"的一家分店。两个人坐在一张桌边：名媛伊娜·库尔伯斯和小说叙述者琼斯。卡波蒂花了四十页描写他俩的午餐。

备受约瑟夫·韦克斯贝格赞誉却深受雅克·丕平鄙夷的餐厅老板索尔，在杜鲁门·卡波蒂的小说中成了一个不停冒汗的伪绅士，"像一头杏仁泥捏成的小猪，粉嫩、闪亮"。他向两位客人推荐羊羔肉。他们没有听从，点了菲尔斯滕贝格蛋奶酥，一种用奶酪、菠菜、鸡蛋混合做成的糕点。他们喝了两瓶香槟——两瓶水晶香槟。不够冰，但有劲。

饭菜的质量：不重要。仅有一次，卡波蒂让伊娜小姐透过黑色的太阳眼镜看了看沙拉菜叶。大有深意的是餐桌，两位客人可以坐着环视餐厅：他们的位置没在餐厅的后部区域，而是在前区——符合那个年代高级餐厅的惯常安排，靠近大门，那儿有穿堂风，坐在那儿能看到每个人，但能坐在那儿的人往往不简单。重要的是聊天：伊娜小姐与琼斯之间下流的社交八卦。他们聊科尔·波特，他拿手去摸一个意大利斟酒侍应生的阴茎。聊一个女的，她想跟十六岁的奥逊·威尔斯结婚，又给J. D. 塞林格写情书。聊乔·肯尼迪，杰奎琳的前任公公，他曾在肯尼迪家族的府邸对伊娜小姐施暴，觉得她不喊不叫棒极了。聊杰奎琳·肯尼迪，她在伊娜小姐的眼中不过是个西方艺妓，而在琼斯的眼里则是一个扮演杰奎琳·肯尼迪的变装皇后。聊一位名媛，她单纯出于反犹主义的狂妄，用经血毁掉了自吹自擂的犹太情人的床。聊这个犹太人去加尔达湖度假，泳裤及膝，手里握着（自己的）阴茎。聊安妮·霍普金斯，她把不忠的丈夫射杀在浴室，却逃过刑罚。那一刻，她就坐在不远处的一张桌边，埋头跟一位牧师说话。

越来越多的轶事、越来越多的秘密流淌而出，流进卡波蒂的小说里。香槟的酒劲开始发作，伊娜小姐打了个嗝，亨利·索尔似乎朝他们投来责备的一瞥，午餐时间已过。如今只剩下一个故事：伊娜小姐和她丈夫的故事。他在一次跨越大西洋的飞行途中跟她提出离婚，在一等舱喝着香槟的时候。伊娜小姐站起身，看上去仿佛一头海豚从海面升起，卡波蒂写道。她推开桌子，碰倒一只香槟杯，摇摇晃晃走向卫生间。亨利·索尔不见了人影。"巴斯克海岸"的招待员给餐桌换上新桌布，以备迎候晚上的客人。对小说叙述者而言，这种"氛围奢华而令人筋疲力尽"。[175] 不过这顿午饭却有致命的后果。

★

慕尼黑人不吃鸡。这是艾克哈特·维茨格曼在1975年春天要面对的问题。他在自己的餐馆"坦崔斯"推出红酒烩鸡作为每日的特色菜，但依旧毫无起色。一晚上会有一百二十份点单，其中有四十份是煎肋骨牛排。究其根本：这些客人啊，他们抱怨鸭肉没有熟。他们不知道，维茨格曼说，真正做得好的鸭肉必定是粉红色的。客人们以为"龙虾汁白斑狗鱼"是牛犊肉片。维茨格曼哀叹说，他们在"坦崔斯"做的菜虽说可以与法国同行比肩，但后者的客人却有更好的品位。他三十四岁，手底下管着十四名厨师。他每天在餐馆里平均站十二个小时，每月大约挣二千五百马克。

沃尔夫拉姆·席贝克任凭维茨格曼哀叹，因为他自己也想哀叹：在《时代周报》上。为了它，他正在美食的世界里巡游。他为德国餐饮所处的"低谷"悲叹。他看到的是维也纳森林餐厅遍开分店，不满的是巴尔干烧烤、比萨店满眼皆是。他为德国餐馆装修的"议政厅风格"、为木梁和"墙上的一排排锡杯"而气结。他批评德国的农民不种青葱,批评德国的食客面对品质优秀的法国青豆却猜测其中用了什么染料,因为那闪亮的碧绿色着实令他们惊讶。

不过席贝克也受到些鼓舞。他称赞维茨格曼对"创意、组织天分与技艺的融合"。他对维茨格曼作为厨师的痴迷深有同感,赞同后者的"座右铭,即恰到好处的就是最好的,旁枝末节的工作也不得含糊,不得如寻常那般对待"。为了让读者真正理解他的意思,沃尔夫拉姆·席贝克描述了这儿的人怎么手工把洋葱、青葱切成丁,怎么手工把土豆、胡萝卜、小萝卜切得大小相差无几,怎么把只是用来煮汤的鸡胗里里外外洗得干干净净。看着维茨格曼和他手下的厨师们干活,沃尔夫拉姆·席贝克充满了欢乐,"就像高超的手工技艺,就像艺术上的完美"。可是随后,对德国人的恼怒又向他袭来。"为厨师喝彩,"他遗憾地说,"在我们这儿不流行。"[176]

★

餐馆客人分男女使用各自的更衣间。脱去衣服后,女客先进浴池,跟着是男客。客人们一块儿坐在水中——对于餐馆经理罗尔夫·安舒茨而言,这是极为特别的平等时刻。"财富、等级、职业",他说,在这儿的浴池里毫无意义。因为"只有头露在外面,"安舒茨后来补充道,"谁也不知道谁是谁"。

1975年,罗尔夫·安舒茨给苏尔市的"武器制造者"增添了一处浴池。他遵循的是日本传统:进餐前,应用水洗去路途的风尘,卸下一天的烦忧。不过图林根州跟东亚不一样,当男人们靠近浴池时,这儿的女客们会唱起"听,是什么从外面进来"。截至当时,罗尔夫·安舒茨从事日本特色料理已将近十年。鉴于他的餐馆带来了外汇,活跃了民主德国与日本之间的关系,餐馆获得了优先待遇权,可以从杜塞尔多夫购买货品;1977年起,可直接从日本购货。1973年,民主德国与日本建立外交关系。"武器制造者"成了一块招牌,代表着开放与国际化。

洗浴仪式后,先是男客、后是女客起身从浴池出来,重新套上内衣裤,穿上聚酯纤维做的和服,缓步走向日式餐桌。男人们先出现,随后是女人们。接着听人讲解各种东亚仪式。不过,伊蕾妮·阿尔布雷希特,苏尔市委员会干部科科员,拒绝穿上和服。她就穿日常的服装。对她来说,日本料理和洗浴都是"无聊之举",不是工人阶级所需。[177]

★

1975年秋,《时尚先生》杂志发表了杜鲁门·卡波蒂的小说节选《"巴斯克海岸"餐厅,1965》。早在10月10日,安·伍德沃已提前听闻,她在小说里被认定为凶手。读过小说后,她自杀身亡。

一周以后,这本已经夺去一条生命的杂志出版。很快,所谓的虚构人物与纽约上层社会真实成员之间的紧密关联亦清晰显露。斯利姆·基恩,卡波蒂的一位要好女友,从饮着酒聊八卦的伊娜·库尔伯斯身上看到了自己的影子。她讥讽的那些靶子，也很容易让人猜透。《纽约》杂志的封面上出现了一幅漫画：一只咬人的小狗身处优雅的人类社会，下方印着一行字："卡波蒂忘恩负义"。事实是：这位富人名流曾经的最爱丧失了他的社交圈。重新赢回他们的尝试每次均告失败。

这个秋天是卡波蒂生涯中的一个转折点，一次长久私人危机的开端。虽如此，作家仍认同自己对那顿午餐（菲尔斯滕贝格蛋奶酥、香槟、八卦、背后饶舌）的文学加工。艺术家只能由艺术来决定，他说。身为作家，他必须写出他所知的。"噢，亲爱的！"他对着时尚记者戴安娜·弗里兰解释他的文学战略，"那是普鲁斯特！那多么美！"[178]

★

克雷格·克莱伯恩在1975年秋天才有点儿运气，想到一个绝妙的点子。至少他自己这么相信。他在一次电视竞拍中拍到一张双人份晚餐代金券。随便挑哪个餐馆，消费不限，出资人是美国运通公司。克莱伯恩觉得，可以借此给《纽约时报》写篇好故事。他早就不当弗拉夫黄油的公关了，而是给这家最有威望的美国报纸当美食编辑。他是评论家、生活专家，是饮食界的一方权威。利用这张拍到的代金券，他计划来一次前所未有的最贵"下馆子"。

这顿饭在纽约吃显得距离太近。带着他最好的朋友厨师皮埃尔·弗雷尼，克雷格·克莱伯恩启程前往巴黎。在"丹尼斯之家"——一个隐秘的秘密之选，他们找到了要找的地方。一切进展顺利。

三十一道菜、九瓶酒，这就是克莱伯恩与弗雷尼所见证的。他们以白鲸鱼子酱开餐，随后是三种不同的汤、牡蛎、鳌虾，一份普罗旺斯红鲣糕点，几块布雷斯鸡肉、冰冻果汁。圃鹀：一种小鸟，短暂的一生只用浆果喂养。带头带骨地吃，去掉腿，真乃人间美味。一整只圃鹀，消失于克雷格·克莱伯恩的口舌间，沾了他一嘴黄油。而后上的是野鸭，接着是牛犊里脊，包在酥饼面团里，配着高尔夫球大小的黑松露。洋蓟碎糊。肉冻鹅肝。丘鹬胸肉。榛果仁雉鸡凉肉。还有甜点：草莓夏洛特蛋糕、"阿尔玛梨""焦糖浮岛"，配酒是一款1928年份滴金酒庄白葡萄酒。这款酒之后又换上一瓶1835年份马德拉葡萄酒，就着甜点品尝。再接着，一瓶窖藏百年的卡尔瓦多斯白兰地，配着咖啡。

要说满意，也不尽然。克莱伯恩觉得鳌虾有点硬，牡蛎蘸汁只是温热，不够烫。雉鸡肉也不是无可挑剔。那么布利斯-芭菲和鹌鹑慕斯蛋糕呢？毫无爱意。不过，三十一道菜，道道让人兴奋，本来就不可能。因此，克莱伯恩与弗雷尼给出了整体好评的结论。同时，克莱伯恩一点不落、兴致勃勃地为《纽约时报》描绘了这顿晚餐。

1975年11月14日，他的文章发表。光是标题便已透露这顿人类历史上最讲究晚餐的价钱：四千美元——那个年代一辆耐用的、全新出厂的中产阶层轿车的价格。《纽约时报》的读者毫无兴奋感。克莱伯恩的文章所面对的他们正身陷七十年代的经济大危机中。通货膨胀扼住了美国。纽约尤其过得艰难，这个城市要跟高失业率、跟大面积犯罪问题、跟看起来不可避免要破产的财政状况作斗争。对整个美国而言，这是一次历史性的转折：战后的富裕时代走向终结。工人与中产阶层的收入停滞不前。反工业化拉开帷幕。企业向低工资成本的国家转移工作岗位，社会不公激增。[179]

文章发表五天内，超过二百五十封信寄到了编辑部。大部分人视克莱伯恩的晚餐为不知羞耻的想法——道德败坏、低俗、肤浅，不顾世界上数以百万的人在挨饿。有些人则表示理解，为克莱伯恩辩护。但凡有一封信给予好评，就会有四封信表达鄙夷。这些信最后累计达上千封。

克莱伯恩后来说，甚至梵蒂冈也把"丹尼斯之家"的这顿晚餐认定为"骇人听闻"。他自己则自始至终认同这个计划。毕竟，他不曾在那个晚上从一个挨饿之人的口中夺走食物。他还对另一个提问做了解释：小费，他分文未付，依他之见，小费已然包含在餐费里。[180]

★

人类学家迈克尔·尼科德和杰拉尔德·马尔斯携手合作调查研究英国的招待员。他们说，这项计划跟揭秘新几内亚岛的山民一样复杂。迈克尔·尼科德为了计划亲自加入招待员行业。他跟杰拉尔德·马尔斯一起讨论自己的观察。他们视威廉·富特·怀特为榜样，后者总是能保持距离感与亲密认同之间的平衡。[181]他们着手调查前经过了深思熟虑，力求始终保持客观。

但这是一次艰难的冒险。当迈克尔·尼科德打工的一家餐馆拒绝把他从见习招待员升格为正式招待员时，他发现自己感到深深的失望和距离感的减弱。[182]正如半个世纪以前的乔治·奥威尔，他也必须在外貌上做出让步：有一次，他获得工作的绝对前提是刮掉胡子、剪短头发。马尔斯与尼科德的研究结论之一即是：一家英国酒店餐厅的等级越高，它允许男性招待员留的头发就越少。[183]

招待员的内盗让尼科德最为印象深刻。他们不停地把乳酪、果酱、茶和糖从工作地偷拿回家，完全不假思索。有人从厨师那里廉价买下菲力牛排，转手卖给附近一家餐馆。其他人下班离开餐馆时往裤子里藏熏鲑鱼。在一家酒店，招待员从餐厅顺手拎走一整只蛋糕，再一块块地兜售给大堂里的客人。给客人上便宜饮料，却按贵的算钱。来的人越多，耍的手段就越简单。一群人点了十二瓶酒，桌上却只放了十一瓶。金汤力鸡尾酒里只放一半分量的杜松子酒，但没人注意——前提是在杯沿上擦点儿杜松子酒。这是餐饮业电脑化前的最后阶段，招待员还能在账单上任性发挥他们的创意，从顾客和老板那里巧取些钱财。

马尔斯和尼科德不加保留地对这个偷盗世界进行阐释。他们所探查的这方领域，亦曾出现在欧文·戈夫曼的笔下。新加入招待员偷盗团伙的人，无论是谁，某一天从某个时刻起，偷盗对其而言便不再是偷盗，而是与他、与他的世界相映衬的某种活动。[184] 招待员偷盗，是因为他们挣的钱如此之少，还因为其他招待员同样偷盗，因为偷盗成了他们工作中的正常组成，因为偷盗没让人觉得有错。只有迈克尔·尼科德不曾参与这庞大的内盗。在一家餐馆，他差点儿暴露自己，因为他趁着空闲阅读一本社会学的专业书，书名叫：《职业小偷》。[185]

★

沃尔夫拉姆·席贝克乘火车抵达维尔茨堡，到火车站餐馆吃饭。他非常忙碌。他到处吃，吃了即写，有时候给《美食家杂志》，有时候给《时代周报》。他尝遍美食，写尽美食，引得德国诗人君特·赫布格写了首诗，在诗的起首表达了一个愿望："只管禁止沃尔夫拉姆·席贝克／写那些吃的东西"。赫布格幻想，应该让席贝克"嘴上贴三天胶布"坐到维尔茨堡火车站的餐馆去。作为对这个要求的回应，席贝克这会儿来到维尔茨堡。他坐下来点餐。

他的其他日程安排往往精彩夺目，但也不是一直令人满意。他在威基堡参加过一群顶级法国厨师举办的美食节，闭幕时，一座四米高的巧克力金字塔伴随着一帮点缀添彩的年轻女子，搭着木筏沿河而下，差点儿翻船。他又去马克西姆餐厅吃过一回，对饭菜失望至极，写下"卫生间的美妙香水"大约是当晚最佳。在保罗·博古斯的餐厅里，他看到"塔一样的酥饼面团、水潭一样的调味汁、卡路里炸弹"，厨房则被他比作长途司机落脚的小酒馆。再次碰面时，他被保罗·博古斯骂得狗血淋头。他对联邦铁路的餐车食物倒没那么强烈的失望，博若莱葡萄酒太温，鲱鱼太凉，醋焖牛肉韧得让他想到"软化的雪茄盒"，牛腿扒则让他想到"厚底鞋跟"。1985年，他荣获酒店与餐饮协会的"金奖杯"，他在致谢辞中对油煎粉糊发起了攻击。他还抨击某些同行，自以为是严肃的美食家，"只不过是因为他们曾经把菠菜吐在母亲的围裙上"。

在维尔茨堡的火车站餐馆，席贝克吃的是五香牛肉丁，肉质"纤维太老"。他尝了酸辣肉汤，"乌黑黑像浆糊一样盛在一只铁杯里"，尝了一块菲力牛排，"少汁、肉硬"暴露了它冷冻冰箱的出身。写到一半他就偏了题，对着鲜嫩硕大的维尔茨堡豌豆，思考起七十年代中期"鲜嫩小姑娘们"的"肥胖臀部与奶娘般的胸围"。还没等上甜点，他就跑了。[186]

★

盖尔·格林与埃尔维斯的艳遇过去二十年了。如今，1976年的5月，她置身"世界之窗"餐厅，高居世贸中心的顶端，为《纽约》杂志撰写新落成的双子塔中的这处餐厅。她震惊了，震惊不已，为纽约港"壮阔的蔚蓝"、为无数的大桥、为新泽西而震惊。是啊，从这儿望下去，甚至连新泽西都变美了。她感到自己宛如喝醉了一般，宛如丢魂了一般，不再挖苦嘲讽，不再偏执狂妄。后来她写道，这个地方，这家"世界之窗"，把她变成了另一个人。这是"全世界最耀眼的餐厅"，是"令人晕眩的后工业化时代的魔法"。仇恨与恐惧在这儿全无踪迹。[187]

盖尔·格林的同行，米咪·谢拉顿，同样来到世贸中心的北塔就餐。她代表的是《纽约时报》。她觉得鹌鹑蛋肉冻太干（"像一方镇纸"），茄子过咸，胡瓜烧煳了，原本应呈现粉红色的羔羊肉几乎未熟，草莓则部分没熟、部分腐烂。[188]

盖尔·格林觉得"世界之窗"的饭菜不重要。她写道，这家餐厅无论如何都是一场凯旋。"金钱、权利、自我以及对完美的痴狂"造就了这家餐厅。而金钱、权利与自我也同样会挽救整个纽约于危机之中。格林吃着、喝着，采访餐厅经理乔·鲍姆，为招待员的制服惊叹，与"世界之窗"的厨房顾问雅克·丕平交谈。五十八秒钟，是电梯把她带到地面、带回现实所需的时间。然而即便是电梯，亦给她留下印象：她发现电梯有一人半的克林特·伊斯特伍德那么高。[189]

★

米咪·谢拉顿到保罗·博古斯位于里昂附近的餐厅吃饭。她并不激动。她感到鸭胸肉又老又咸，鹅肝蛋糕的味道更像牛肝，餐厅的装修亦显俗气。她又去了莱博村备受赞誉的博玛尼尔餐厅，发现那儿干涩的羔羊肉跟龙虾汤一样令人失望。在维埃纳省传奇的"金字塔"餐厅，味道更是让她忧伤。此外，餐厅老板娘仿佛一台没有灵魂的机器，在餐厅内来回跑动。

米咪·谢拉顿是克雷格·克莱伯恩在《纽约时报》的接班人。他不喜欢她，她也看他不顺眼。他是个绅士，是顶级厨师们的朋友，是来自美国南部的爱美之人，童年时家里有黑人女佣做饭，并对之津津乐道，仿佛他是在奴隶时代长大成人的。[190] 谢拉顿，出身于布鲁克林的中产阶级家庭，觉得自己是普罗大众的代表。儿时，她常跟父亲一道外出吃饭。"Nisht kein griner"，这是他用意第绪语常说的话，意谓：不要蔬菜。他们去牛排馆，吃德式醋焖牛肉和德式猪排，下中餐馆吃中餐。这给米咪·谢拉顿打下了烙印。她带来了全新的标准，使价格也成为《纽约时报》美食评论的对象。她善于刨根究底。有一回她想写一篇关于三明治的评论，就让人买了上百份样品，以科学的精准展开——比较。她总是戴着假发：黑色的、银灰色的、红色的，因为她不想被受她评论的餐馆认出来，从而受到特殊对待。[191]

1977年，《纽约时报》派她到法国，整整一个月，调查"新料理"。整个美国美食界似乎醉心于这一最新的饮食趋势，谢拉顿则有所保留。阿尔萨斯的"伊尔客栈"餐厅和瓦朗斯市的"碧克之家"餐厅让她满意。但新料理的传奇？她难掩失望，并写下了失望。

反响很微妙。保罗·博古斯将谢拉顿的批评归结于她在性爱方面的失意。巴黎的《都市》杂志称她是"满嘴吧唧番茄酱的美国佬"。她被讽刺为"米咪·希尔顿"和"米咪假日酒店"。后来，她围着面纱现身于一档法国脱口秀，跟餐饮界的明星们整整争辩了三个小时。她建议保罗·博古斯，为了饭菜质量，多多瞅一眼自家餐馆的厨房。当节目结束，摄像机关闭，博古斯突然动起手来。他想要撕开谢拉顿的面纱。她推了他一下，博古斯绊了一跤，跌倒在地。谢拉顿对《人物》杂志说,她对此毫无愧意。她有点儿后悔,没再送他一记耳光。[192]

★

雷·克罗克总是讲改革和创新。他讲俄亥俄州的辛辛那提市怎么发明麦香鱼汉堡,讲匹兹堡怎么发明巨无霸汉堡。讲一个叫戴维·沃伦斯坦的人觉得薯条分量太少,就发明了大份薯条。还讲赫布·彼得森,一个来自圣芭芭拉市的聪明家伙,怎么把鸡蛋、乳酪片、加拿大培根以及英国松饼结合起来,为一款新产品奠定基础,并经过公司实验室三年的研发后推向市场,同时从某个帕蒂·特纳那里获名"烟肉蛋麦满分"。所有这些发明创造、这些成果都为雷·克罗克领导麦当劳集团提供了支持。他在自传里如是说道。[193]

那时候,麦当劳早已成为美国人的一个习惯。1980年,全美有六千二百家分店,而这只是开始。快餐行业是美国最重要的经济分支之一,但克罗克完全不赞同"行业"这一说法,因为它暗示餐饮连锁企业之间的共同利益。他对竞争有其独特的看法。克罗克说:"耗子咬耗子,猛犬咬猛犬。"他的对策是:"我在他们杀死我之前杀死他们。"于是,麦当劳发起战争。对抗汉堡王、汉堡皇后、汉堡大师;对抗红谷仓、哈迪、盒子里的杰克、卡罗尔;对抗肯德基、阿尔比、必胜客、塔可贝尔、高个子约翰·西尔弗①。耗子对抗耗子。[194]

---

① 以上均为美国的快餐连锁品牌。

★

"潘尼斯之家"着火了。那是一个周六的午夜，1982年3月7日。艾丽丝·沃特斯站在街上，消防队的警戒线把她跟自己的餐厅隔开。烈焰从一楼窜出。或许她该对此负责，因为头天晚上她用过烧烤架。这一点从未得到澄清。

遭受灭顶之灾的这家餐厅名声斐然。餐厅内毒品不断，员工定期偷拿藏酒、食物，这些丝毫不被视作有何问题。生意一直很好。"潘尼斯之家"的市值新近才被评估为一百五十万美元。1981年，克雷格·克莱伯恩去过那儿。他称艾丽丝·沃特斯是"国际顶级厨师"，把"潘尼斯之家"下属咖啡店里的半月比萨称为"美味与想象力的胜利"。纽约一家大型出版社正筹备出版《"潘尼斯之家"烹饪指南》，艾丽丝·沃特斯在其中阐述她的哲学：简朴，保质，将餐厅与她的私人厨房相融合。("有时候，"她幻想道，"我或许在桌上只放一束百里香，然后在厨房里转悠，把能够找到的所有奇妙的新鲜食材集中到一起。"[195])如今，餐厅却着了火。对艾丽丝·沃特斯而言，熊熊烈火吞噬的仿佛是她的孩子。等烈焰烧掉木房子的梁柱，不过是个时间问题。届时，餐厅就算彻底毁了。

但"潘尼斯之家"活了下来。比起灾难，艾丽丝·沃特斯把火灾更看作重新筹建餐厅的机会。她从火中吸取教训。她认识到，餐厅的世界太过狭隘，过于专注一小圈子的人。她要让它敞开，面向所有人，面向所有顾客。因为身处伯克利市，她就近便可获得知识分子的援手。她跟克里斯托弗·亚历山大合作，后者在加利福尼亚大学提出了一套新的建筑理念。他的著作《建筑模式语言》出版于几年前，把建筑的成功再次定向为系统性的关联，而非互不关联的天才描画。这本书成了她的《圣经》，艾丽丝·沃特斯说。[196]

亚历山大的城市规划宣言主张一目了然的城市单元，主张开放性：小型商店、街头咖啡馆，好比摩洛哥、印度、秘鲁的城市，商店面积几乎不会超过十五平米。不过，他的城市愿景里还包含一间庞大的啤酒屋，人们可以在里面唱歌、叫喊，坐在长条桌边，享受自由自在，"卸下他们的烦忧"。克里斯托弗·亚历山大举了慕尼黑的皇家啤酒屋为例。[197]

秉持这些理念，"潘尼斯之家"着手开始改建。艾丽丝·沃特斯看到，厨房与就餐区之间的墙已被大火烧毁。她决定，废掉这堵墙。火灾过后仅仅两周，餐厅即重新开张。厨房焕然一新，看上去不像临时搭建的，而是高度专业化。以前穿着白褂子被隔离的厨师，如今可以让客人看到他们工作时的样子。[198]

在这一点上，沃特斯偏离了克里斯托弗·亚历山大的学说。后者在《建筑模式语言》中建议，必须在过分的封闭与过分的暴露之间保持"平衡"。一个忙碌的人从其工作岗位望出去，能看到的人不应当超过四个。[199] 这一条，对于生意火爆的"潘尼斯之家"的厨师而言，可以很明确地说是极其难得的恩赐。

★

阿莉当起了招待员，在某种意义上。她的父母都是外交家，在举办聚会。阿莉已经十二岁，负责为客人端送零食。客人们微微笑着。但阿莉注意到，那微笑更多是外交式的，而非真心诚意的。她早已习惯跟父母谈论身体语言及其含义，谈论握手及握手时间的长短，谈论故意回避的目光，谈论僵硬的笑容，谈论保加利亚、中国、法国的举止习惯。早在十二岁的时候，她就开始纳闷，她打交道的这些笑容满面的客人到底是谁呢？是装模作样的演员？是真实的个人？她还问自己，如何才可明辨区别：在人与其所扮演的角色之间。[200]

当年十二岁的小招待员阿莉后来变成了社会学教授阿莉·霍克希尔德，就职于离"潘尼斯之家"不远的加利福尼亚大学伯克利分校。1983年，她出版了专著《心灵管理：人类情感的商业化》。该书所研究的问题，正是外交官霍克希尔德一家曾经面对的问题。只不过，作者如今瞄准了现代资本主义。参加工作的人，霍克希尔德说，会被雇主要求做到友善，做到忍让，或者甚至做到高兴。情感成了工作与商业生活的一部分。她延续了欧文·戈夫曼的思路：演戏，是日常生活的一部分，但不限于此。很早以来，对情感的日常表达便已存在一种复杂的管理——既通过雇主，也通过雇员个体本身。那么，如果服务的是雇主以外的人，又会发生什么呢？

霍克希尔德研究了一种特殊的餐馆形式：飞机餐食。其中的主角是空姐。"保持微笑"是所有空乘服务人员的口号，但对空姐的训练远远超出"微笑要求"。身着制服的空姐应该做到的是，仿佛她们工作的场所并非办公之地，而是她们的私人寓所。她们不应该把乘客当顾客一样对待，而应该把他们当作自家的客人。她们应该把客人的困难视为自己的困难。[201] 她们受到的要求不仅仅是展现微笑，表面上亲切友好，而是"深度出演"。空姐应当从里到外把自己的角色视为亲切有礼、充满关爱的女主人。霍克希尔德指出，这会导致严重的后果。雇员的情感不再属于自己，而属于他们为之工作的组织，直至他们再也搞不清楚自己真正的感受。

该书出版后，阿莉·霍克希尔德受到了尤其亲切的服务：在飞机上。空姐总能把她认出来，感激地跟她握手，因为她以"情感实验室"这一概念给她们的辛劳赋予了一个名称。有两次，她竟然免费得到一瓶酒。[202] 有位采访过她的电视主持人向她坦承，他为了在工作中进入正确的情绪费尽力气。许多研究人员把霍克希尔德的成果用于研究售货员、美发师以及老年护工。针对待遇最差、工作最繁重的服务业人员，一个新的概念得以面世——一个萨特、奥威尔、多诺万毫无所知的概念。被迫笑脸迎人的招待员们成了"情感无产阶级"的一员。[203]

★

1984年，"武器制造者"餐厅餐服部的员工被表彰为"第三季度社会主义大赛最佳集体"。五年前，罗尔夫·安舒茨获准离开民主德国赴日本旅行四周。为了让东道主高兴，他吃下了鲜活的远东小鱼。之后不久，他荣获"图林根森林好客奖"，以"表彰在餐饮服务与招待方面的杰出贡献"。当时，要想在民主德国这家唯一的日本料理店订到位子，需要等上两年。餐服部的这群人配得上这些奖状。

3. 进入当下

十八岁的赫斯顿·布卢门撒尔面对着堆成小山一样的豌豆。他要把豌豆的两头剪掉。他剪得很耐心，向着小山发起攻势。但等待他的，是另一座小山。他申请的岗位是见习厨师，投了二十家餐厅，只收到一家答复同意。他在四季农庄酒店获得了一周的试用期。

1983年对于在伦敦当个厨师而言，是个好时间。捱过了战后紧巴巴的悠久年月，英国人对饮食的兴趣再次苏醒。一批新生代的厨师正蓄势待发。雷蒙德·布兰克便是其中一员，不久后他也许会成为赫斯顿的上级。他把"新料理"带进了大不列颠。他做的菜代表着美感与新鲜、自然与纯净。[204]

在四季农庄酒店剪豌豆的赫斯顿为试用期做了充足准备，或许准备得过于充足了。两年前在普罗旺斯，父母领着他跟妹妹到一家入围世界最佳餐厅的餐馆吃饭：米其林三星的博玛尼尔餐厅。那个地方，布卢门撒尔说，改变了他的一生。啾啾叫的知了、优雅的服务员、厚重的亚麻餐巾、石块一般沉的酒卡、羔羊肉与薰衣草的香气：一个面向所有感官的剧场。回英国后，他费力钻研烹饪系列书《原味食谱》，借助一本词典翻译顶级厨师们的菜谱。他坚持不懈地阅读《米其林指南》和《戈特与米洛》。有了驾照后，他便定期开车到二十五英里外的肉铺，去那儿购买骨头，熬制肉汤。他始终不忘重返他的书，那些烹饪书，那些图册，其中展示着魅力四溢的顶级美食世界。保罗·博古斯，对着次等的小母鸡大冒肝火；阿兰·查普尔，全神贯注地俯身在餐盘上。赫斯顿注视着这些图片，激动狂热不已。

如今，置身于雷蒙德·布兰克的厨房，赫斯顿拥有了让自己成为顶级美食世界一分子的机会。最终，他从幻想转回现实。他剪了第二座豌豆山，又剪了第三座，剥了成桶的葱，又洗洋葱，洗鱼，剥榛子壳。一周以后他放弃了。这不是他所想象的。[205]

★

位于汉堡的麦当劳鹅市分店来了个新员工。他一开始给人印象不错，烤肉做得很利索，但没多久便引发了不满。因为有时候他就只是傻站着。因为他的脸上毫无欢乐。他的上级告诫他，这些都被他一五一十看在眼里。新员工说自己二十六岁，实际已经四十三岁。他声称他叫阿里。他带着一种所谓的土耳其口音，讲一些诸如"我跑来跑去，因为我把这工作也看作运动"或"现在谁在这儿说了算，您还是收银机？"之类的话。

这个古怪的员工是君特·瓦尔拉夫。他在为自己的新书作暗访。《最底层》作为一份详尽的通讯报道，批判了德国日常生活中的种族主义，成了1985年的畅销书。鹅市的这家麦当劳不过是诸多暗访地之一。

君特给自己改名阿里，把自己装扮成"土耳其人"，对自己的工作服大加讥讽：纸做的帽子、无兜的裤子，还有衬衣，全都印满公司标志。烤肉时的高温让他受尽苦头，常被烫出水泡，因为他要跟其他人一样不戴手套工作。他发现，说好的晚班时间却由于麦当劳的潜规则而延长。有些同事一天工作八小时，片刻不得休息。没有工会。他后来探知，麦当劳会指示分店负责人，任何情况下都不得聘用具有组织工会能力的员工。另外，他对马不停蹄的忙碌亦有抱怨。瓦尔拉夫说，大家"持续地满负荷运转，因为铃声总是不停地响"，而后就必须新做一份鱼香堡、一个苹果派。

君特，也就是阿里的目标是揭露种族歧视方式。但在麦当劳，这件事一点儿都不容易。他听过一条二手消息，说一个土耳其籍女同事"被视作女性遭到骚扰，却被视作外国人遭到嘲笑"。但他自身的实验，即作为一个异国相貌的结巴男性去体验仇外行径，在汉堡却没有任何收获。跟其他同事一样，他必须倒垃圾、擦桌子，遭受经理的呵斥——因为他一开始手脚麻利，后来则拖拖拉拉。但是，没有人因阿里是阿里而故意针对他。

于是,《最底层》行文至此,突变成某种混合了餐馆评论与卫生检查报告的文本。瓦尔拉夫察觉麦乐鸡里掺了"轻微的杂味"。他很快找到原因:用来炸苹果派、鱼块和麦乐鸡的食油是拿同一个漏斗过滤的。他不断发觉严重的卫生问题——可能亦只是猜测。用来擦桌子和洗厕所的抹布只有一块。他还记录了一个同事手里拿着烧烤刮刀,从厨房急急奔向卫生间,想把堵塞的马桶疏通(不过一位上级把他拦住了)。自称是阿里的君特跟这些事没有关系。汉堡"一群喝得微醺的街舞青年"在他脚跟前乱扔薯条袋。而他,身为暗访的记者,"必须马上拿湿拖把把地拖干净"。[206]

★

这家二十一世纪初赫赫有名的餐厅之所以能够存在,只是因为玛格丽塔·舍诺瓦于1945年在布拉格救了一名德国士兵,使其免于被关进战俘营。汉斯·谢林原本要被抓走。玛格丽塔,他的捷克爱人,给他弄来一身平民衣服。他得以逃脱,并跟她结婚,在他开诊所的盖尔森基兴市。因为诊所运营良好,谢林一家在战后不久便能开着房车周游欧洲。1957年,他们在布拉瓦海岸发现一方迷人的地块。他们花一万五千比塞塔买下了它。他们原想在那里建一所老年医疗机构,但未获批准。四年后,他们成功实现了另一个想法:建造一个迷你高尔夫球场。汉斯·谢林找了个更年轻的伴侣,离开了原配夫人及救命恩人,返回了盖尔森基兴市。玛格丽塔·谢林,曾经在布拉格，如今留在了加泰罗尼亚的海边。她经营着紧挨高尔夫球场的餐吧。

几乎没人对挥杆打球有兴趣。这片土地太过偏僻，与最近村镇相连的蛇形小路太过漫长，但餐吧生意不错。一开始，玛格丽塔仅仅供应三明治与冷饮。不久后，她扩充菜单，添了西班牙冻汤、鱼和鸡块。1964年左右，餐吧转型为烧烤餐厅。午餐前，厨房的帮工手里拿着菜单跑到海边，招徕游泳的人。在餐厅里，客人拿水管冲洗身上的海水，穿着泳衣泳裤吃饭。有段时间，餐厅名叫"阿莱马尼餐吧"，不过这是老皇历了。玛格丽塔以其最爱的犬种给餐厅重新起名，做菜则放手交给了其他人。[207]

★

"弗雷德湖"和"埃德湖"是麦当劳汉堡包大学里两个湖泊的名字，根据麦当劳集团历史上两任总裁的名字命名：埃德·伦西和弗雷德·特纳。汉堡包大学位于奥克布鲁克，在芝加哥的郊外。教室都刷成浅绿色，蕴含伟大的雷·克罗克的一句格言："你若常绿，你则成长；你若成熟，你必腐烂。"门厅立着一尊大学创办人的半身塑像。汉堡包大学的教授们穿着印有麦当劳标志的休闲装，讲授诸如"基础操作课程""中级操作课程"与"高级操作课程"之类的培训课。从"高级操作课程"顺利结业的人，可获得一纸证书，作为他或她成为"汉堡包博士"的证明。

罗宾·列德纳是不远处西北大学的博士生。她要为博士论文——关于程式化工作的社会学研究——做调查。她想知道麦当劳未来的领导层是如何接受培训的。一开始，麦当劳不大乐意合作，但后来她又获许进入汉堡包大学就读，这样她便可以不受限制地展开她的研究。

在奥克布鲁克学习的人，"血管里都流着番茄酱"。他们全都住在校园边上的一家酒店里，那里只接受麦当劳员工入住。每天早晨，他们穿过横跨"弗雷德湖"的小桥。他们的嘴边常常挂着"我们这儿对汉堡包是很严肃的"之类的话。他们信奉三大准则：质量、服务、卫生。他们听的讲座，对细节的关注无以复加。授课人偶尔会偏题，以便更生动地讲解授课内容，但绝不会离题太远。由麦当劳公司内部的课程研发部所规定的授课大纲不得随意改动。在通向"汉堡包博士"的道路上，受训者需要学习掌握烹炸用油的精确温度、奶昔的准确稠度、冰块始终如一的正确大小。他们要品尝巨无霸专用酱汁，将其跟变味的酱汁进行比较，辨识其中的差别。[208]

★

汉斯·谢林离开了鲁尔区，想继续参与布拉瓦海岸的生意。他想用餐饮设备对曾经的海边餐吧、如今的"斗牛犬"餐厅做一番改造。他在车顶上绑了一台果汁机，带着它驶往地中海。那是西班牙最早的果汁机之一。在阿尔萨斯，他停车休息的那家餐馆恰巧刚刚倒闭。他在那里买下一批具有民族特色的招待员背心，背心是 V 字领，绣着绿-红-褐-橙-蓝的花样。他把这批背心也带给"斗牛犬"。这下，端果汁的服务员看上去有趣极了。谢林聘用了雄心勃勃的各类厨师：德国的、瑞士的、荷兰的，他们都专做高级法式西餐。迷你高尔夫球场被拆除推平，餐厅再次得到扩建。

在这里可以遇见"布拉瓦海岸最盛大的惊喜"，这是《戈特与米洛》于 1975 年 7 月的评价。"斗牛犬"餐厅是自由的新西班牙的一部分。自 1975 年佛朗哥死后，受到压制的加泰罗尼亚文化再获重生，同获重生的还有加泰罗尼亚特色菜。"斗牛犬"餐厅小心翼翼地将其与法国新料理主义结合起来。餐厅先是得到一颗米其林星，而后又得到第二颗。1983 年夏天，一个名叫费尔南多·阿德里亚·阿科斯塔的士兵出现在餐厅。他没有受过完整的烹饪训练，不过他在餐厅干了几周活，显得相当有天赋。大家一致同意，待他服完兵役后由"斗牛犬"续聘。[209]

★

另外一个阿里，并非君特假扮的阿里，在 1986 年来到慕尼黑。阿里·居格米斯刚满十岁，来自土耳其东部的通杰利省。他跟六个兄弟姐妹在那儿一起长大。他的父亲，一个电焊工，现在要把全家接到德国，十多年的时间里，他只有休假时才能回家一趟。

阿里·居格米斯被建议到一所特殊学校就读，因为在家没人能给他帮助。他的母亲在六十五岁那年才学会读写。阿里很有天分，但只拿到一张普通中学文凭，因为他父亲在土耳其买了一块地，没钱为他支付继续上学的费用。1991年，阿里递交了一份学徒岗位申请。慕尼黑一家普通饭店最先做出了同意答复：他在那儿开始学艺。

烹饪很适合他。他的土耳其童年——自家种的番茄与杏树，母亲做的羊肉——影响了他。但在家里，他碰到了质疑。"为什么不学汽修？"一个叔叔这么问。"为什么不学电工？"他的哥哥如是疑惑。男人当厨师在他们的观念世界里不太好接受。阿里·居格米斯坚持自己的选择，并以出类拔萃的成绩完成了培训。[210]

★

罗宾·列德纳从汉堡包大学结业后又开始实习。她进入芝加哥一家麦当劳餐厅工作，这家店看起来比其他分店更为雅致。餐厅设在一家昂贵的酒店内，装修是艺术装饰风格，没有即停即取车道，顾客多数是步行而来。餐厅更像一家家族店，老板、老板娘以及他们的几个孩子一同负责经营，管理员工，做些必要的改进。

新来的员工需要在地下室观看一段视频。老员工笑着欢迎他们加入麦当劳大家庭。讲究实际的店长则有些不同举止。他要求一名女同事不得再佩戴惹眼的耳环。他批评另一名女同事周日不想上班，因为她需要去教堂做礼拜。所有员工都必须书面同意参加测谎试验。

罗宾·列德纳成为炸薯条小分队的一员，为此还得再看一段视频。视频展示了一些至关重要的细节：薯条放入漏勺，漏勺置入油锅，拿出来，撒盐，装袋。无需更多理论。一个经验老到的女同事与罗宾搭班陪练，一天下来，她便感觉工作已经上手。

柜台服务所需的能力则要求更大范围的指导。为此，又得再进地下室，再看一段视频。视频展示的是罗宾所属的"窗口员工"必须按序完成的六个步骤：向客人问好、接受点餐、准备食物、交付食物、收款、向客人致谢。重点：用纸袋装好客人的食物与饮料后，必须将袋口折两折。唯有如此，负责培训的女同事说，才会给人留下专业的印象。

教导视频还向新员工传授向客人问好、与客人道别或者请客人再次光顾麦当劳的标准用语。与此同时，员工又被要求多样化地表达标准用语。这一点，罗宾·列德纳在汉堡包大学已有所学习：麦当劳虽说想将所有的人际交流标准化，但标准化亦包括不使顾客产生标准化的感觉。一位授课者解释说："我们不想营造流水线似的气氛。""热情地微笑"，这是最为关键的前提。谁不微笑谁受罚。但另有一条规定却要求举止自然，做好"自己"。[211]

★

谢林一家要退出餐厅。1990年，他们向朱利·索拉和费尔南多·阿德里亚提出转让"斗牛犬"餐厅。索拉和阿德里亚接手了。他俩重新赢回早先失去的米其林二星。同一年，索拉因其"现代料理准则"而受到《戈特与米洛》的赞誉。他的事业同伴却未被提及，既未提到他的西班牙名字，也未提到他的加泰罗尼亚名字。顺带被提及的只有一帮年轻厨师，《戈特与米洛》认为他们在"斗牛犬"餐厅用"才智与精确"将地方传统与现代烹饪做了无缝连接。

这其中，阿德里亚扮演着至关重要的角色。早在三年前，二十八岁的他就已是餐厅主厨，而且形成了自己的个人风格。在一种看似矛盾的潮流中，他背离法式西餐的先锋派，转而在自己的烹饪中完全融入加泰罗尼亚传统特色，反而成了先锋。他新创花样百出的大蒜蛋黄酱、辣椒酱泥和鱼肉杂烩。他使用高级西餐不屑一顾的食材：绿橄榄与肥肉、沙丁鱼与鳀鱼。1991年，他决定不再把"塔帕司"仅仅当作餐前开胃菜，转而将这一小碟小吃提升至主菜之列。一种叫"哔咔哔咔"的酒吧小吃，来自他的家乡洛斯皮塔莱特镇，为他树立了范例。阿德里亚苦心钻研甜点，栖身于一家糕点店。糕点师的毫厘必究给他留下深刻的印象，不久，这种印象也会留给"斗牛犬"餐厅的整个厨房。稳定剂与乳化剂很重要，此外还有糕点店随处可见的糖果、饼干、焦糖。

一到秋冬季节，客人罕见，朱利·索拉于是决定餐厅一年只开张七个月。这给了阿德里亚更多时间，寻求其他方面的影响力。九十年代早期是经济上极端困难的年代，大部分顾客是来自德国与法国的游客。阿德里亚和索拉再次投资改建，扩大了厨房。但他们投入的钱并非他们所有。那些他们本想招徕的客人——巴塞罗那的美食家们——对一家原本只是海边小餐吧的餐厅满腹狐疑,更何况到这家餐厅的路不好开车,且餐厅的年轻主厨出了名的疯狂。

一本书的出现帮了忙,这在餐馆历史上屡见不鲜。1993年,烹饪书《地中海实验室》出版。封面上首次登出一个新的人名。身为作者,曾经的费尔南多正式改名为费兰·阿德里亚。[212]

★

伊蒂科在小黑板上写下开张菜单:牛筋骨配土豆泥与传统萝卜蛋糕,甜点有惊喜。十一点半,她把黑板放到餐馆门前。"蒙迪艾尔"位于苏黎世附近,是一家家庭餐馆:父亲、母亲、两个长大成人的女儿、几个员工。伊蒂科一家是来自南斯拉夫的移民。"我们在这儿还没有过上人一样的生活,"伊蒂科的母亲说,"我们还必须为此拼搏。"伊蒂科、她的妹妹、母亲与父亲付出了所能想到的各种努力。比如服务客人时,他们脚步迅捷,但绝对不跑;他们总是随手捎些东西,绝不空手。他们希望给人留下一种"专业的印象,但不使任何人觉察这种专业"。哪怕再怎么手忙脚乱,他们只会加快手脚,绝不会催促客人。此外,他们总不忘嘴上说些好听的话,诸如赞美某位女士的胸针出奇的漂亮。包括在柜台后面,伊蒂科也延续着她的完美主义:调咖啡。牛奶不能热过头,否则打不出奶泡;打奶泡时,手上的动作必须始终如一;蒸汽龙头必须一直浸在牛奶中。伊蒂科推延了她的学业——为了餐馆,为了家。建筑工人是最受她喜欢的客人。他们说话不多，清楚自己想要什么：浓咖啡。伊蒂科的父亲负责做菜，尽管并非真的会做。母亲是照料一切的女仆，而保持厕所洁净是她的首要职责。她日复一日地擦干小便池周围遗留下来的一摊摊尿液。

那是九十年代初，曾经的南斯拉夫大地上爆发的战争构成了"蒙迪艾尔"的背景音。在前厅，具有潜在排外倾向的客人们谈论着"阿尔巴尼亚人和其他巴尔干人"，谈论着"巴尔干人类"不曾完全实现"启蒙"。在后厨，德拉加娜喋喋不休。她把九岁的儿子留在了萨拉热窝，她跟克罗地亚籍女招待格洛丽嘉争论克罗地亚领导人图季曼，但不敢吵得太大声，以免被客人听到。不削土豆或者洗萝卜的时候，德拉加娜就从兜里掏出儿子的照片，四处给人看。准备火腿奶酪吐司或芦笋小菜的时候，厨房里却在哀悼一整座城市的死亡，在那里，挨着冬季奥运会场馆的边上，无数的尸体被掩埋。[213]

★

罗宾·列德纳指出，对麦当劳而言，顾客的程式化行为跟员工整齐划一的工序同等重要。广告、室内布置以及其他顾客的范例，其目的即在于引导各处分店的客人直接走向点餐台，并按照麦当劳期待的顺序点餐：先是汉堡包，再是薯条，最后是饮料。收银机的显示屏上，闪烁着类似甜品之类的食品图案，于是客人又点一份甜品。但凡出现交流故障，无论是因某种特殊愿望而起，还是由某位客人的不满情绪或找零出错引发，都无需员工，而由分店经理出面解决。

麦当劳推行的程式化服务关涉所有参与者。消费者清楚知道点餐台后面的亲切行为无非是培训的结果。对这种程式化的情感给予回应的可能途径之一是：以尽可能不友好的方式对待笑得整齐划一的员工。有些顾客认为这是批判麦当劳所推动的对交际行为的商业化。

不过也存在另一种看法。程式化的服务交际完全可以被视作有效的交流过程，其规则可以确保情感上相对较少的损失。程式化的服务可以让点餐台后面的男女员工拥有更轻松的生活。他们感觉受到规则的保护，因为他们无需将客人的敌意与贬低视为针对他们个人，而是将其看作对公司所设定的机械服务的反应。不过，罗宾·列德纳对汉堡包大学的诸多学说所持有的开放态度并非毫无界限。她向快餐连锁店以及其他机构发出警示，应把普通人之间的礼貌交往与信任、正直品格与个人自由也纳入规范交际行为的脚本中。[214]

★

你的厕所有点儿不大对劲。这是一位腼腆的客人对伊蒂科说的话。她取笑了一番他的腼腆，还有他的话。我的厕所？尽管如此，她还是到客人专用的厕所看了看到底什么不对劲。她看到：马桶上到处是屎，地板上躺着一条男性内裤，墙上也被人涂了屎。她拿起厕所里备用的橡胶手套。

六年前，这处靠近苏黎世的村庄就伊蒂科一家入籍一事进行了表决。如今，当地有人显然决定把"蒙迪艾尔"的厕所涂得到处全是屎。伊蒂科望着墙上的粪便，从棕褐色的污迹中看不出任何字母、任何符号。但在她的脑海中却闪现出一尘不染、富得流油、充斥着排外情绪的村庄。她想到一个词"外国贱货"，因为这是最常见的辱骂。那些"亲切、正派、有教养、有礼貌"如今在她眼中就像"一张面具"。她想象着怎么在全村集会的时候发问一句："是谁把我们的厕所涂满了屎？"

晚些时候，污迹已经清理，餐馆亦已打烊，她和父母一起坐着商谈秋季的菜单。紫甘蓝面疙瘩配鹿肉还是配狍肉？野猪肉、梨与蔓越莓、板栗？伊蒂科却满脑子想着墙上、马桶上的屎，想着地上的内裤。对她而言，这是一个转折点。她将会出走，离开"蒙迪艾尔"，离开这个村庄。她将搬进城市，开始另一种生活。但她忘不掉母亲的声音：他们在这儿可以安全地活着，活得比在伏伊伏丁纳省①好，背井离乡的人有"必要"学会"不让随便什么东西都能伤害自己"。人得"装聋作哑"，得"能够闭嘴"，能够"藏得住事"，听话"只听半耳朵"。人得学会适应。父亲说：在南斯拉夫，只有坟地在疯长。[215]

★

安东尼·伯尔顿是曼哈顿法式西餐厅"圣豪里"的厨师。他曾写过两本失败的侦探小说。如今他正尝试写一篇披露纽约

---

① 塞尔维亚的一个自治省。

餐厅秘闻的文章。他爆料说,早上点菜时不要点鱼,因为鱼肉的新鲜度值得高度怀疑。他向客人们透露说,他们吃剩的面包当然会被端给其他客人,没用完的黄油自然会被用到荷兰酱里。每个点了"全熟"牛排的人,伯尔顿敢说,端上来的一定是厨房里能找到的最差劲、最难闻、最多软骨的那块肉。

不过,伯尔顿的文章同时也是对餐馆生活的一首情歌。他赞美餐馆里的协作一致,赞美厨房完全自成一个社会。在他的笔下,厨师及其帮手是一群"机能不良"的局外人。厨房里聚集的人都有着"糟糕的过去":来自世界各地的移民,齐齐挤在逼仄的空间里,甚至摔盘子也被视为排解压抑的法定手段,摔刀倒不受许可。伯尔顿并非饮食界的天才,并非星级厨师,但他对自己的工作极度自豪。不过这种自豪并没有阻止他继续梦想有朝一日成为作家。[216] 他在"圣豪里"的厨房里如牛马一般辛苦,期盼有人能发表他的文章。

★

"蒙迪艾尔"的女招待并不存在。伊蒂科是个小说人物,2010年才在瑞士作家梅琳达·纳吉·阿波尼的小说《鸽子起飞》中获得生命。餐馆只是小说诸多场景地之一,但或许是其中最关键的。在"蒙迪艾尔",不同代际的移民在生活经验上的断裂尤显突出。与忍气吞声、只求适应的父母一同劳作的是追求自由的女儿,她们像演员一样扮演服务员。穿上衬衣,她们化身为听话的乖女儿,为正派正直的客人们端牛筋肉、送咖啡。梅琳达·纳吉·阿波尼,恰出身于这样一种世界,用她看似混乱的叙述在餐馆的完美服务、干净整洁的衬衣以及沉默无声的擦屎之间塑造出一种尖锐的反差。

★

煮豆子在肥鸭餐厅是个噩梦。煤气管实在太细。考虑到蔬菜必须用盐水煮,而灶火又实在太小,煮豆子时便只能按八人量一小份一小份地煮。把豆子扔进水里,再重新捞出来,要让厨师忙上四个钟头,然后如是重复。

正是这种单调,让赫斯顿·布卢门撒尔以前学这道手艺时坚持不了一个星期。如今在他自己的餐厅厨房里,他又迎面碰上这种单调。他需要专家的帮助:豆子是否真的需要盐水来煮?他联系了一个化学专家:布里斯托大学的彼得·巴勒姆。后者的登门拜访让布卢门撒尔很是高兴,他解释道:豆子中的叶绿素含有镁离子,硬水中的钙离子会消解镁离子与叶绿素,也就是豆子的绿色,而盐可以阻断这一过程。这正是布卢门撒尔想要听到的答案。

巴勒姆为布卢门撒尔做了更多。他帮忙联系了研发食用香精的芬美意公司。布卢门撒尔跑到瑞士,在日内瓦郊区看到芬美意公司的厂房。他看到无数个小瓶小罐,每一个装着不同的香气,要么是煮熟的牛肉香味,要么是某道中国菜的味道。芬美意公司热情的研发人员让布卢门撒尔大开眼界,或者说大开他的味觉与嗅觉。同时,他们对他的想法亦充满好奇。在公司一场小型交流会上,他做了一场报告。为此,他用罗勒草、橄榄与洋葱的香气做出一款凝胶。他结识了更多科学家,与他们展开合作。突然某日,布卢门撒尔发现番茄的味道在其内部比其外部更加浓郁持久。作为五名联合署名作者中的一员,他在《农业与食品化学期刊》上发表了一篇名为《新鲜番茄与番茄果肉浆之间的谷氨酸和五核糖核苷酸含量差异及其与鲜味的关系》的论文。

尽管如此,肥鸭餐厅的煮豆子问题并未得到科学家们的解决。其后改造厨房时,布卢门撒尔换上了更粗的煤气管。[217]

★

养羊的牧民成群结队地穿过拉尔扎克高原[①]。这里是一个荒原般的世界:人居稀少,是中央高原一处乱石遍布的喀斯特地貌区。牧民们赶路前往米洛——一座有将近三千年历史的老城。他们要去麦当劳。他们开着车,叉车或者拖拉机。有些人还带了链锯。

他们要奔赴的麦当劳分店当时——即 1999 年——根本还没建好,虽如此,牧民们也不想未来出现汉堡包或者麦乐鸡。他们要抗议:抗议美国政府宣布对他们生产的洛克福奶酪征收特别税,因为欧盟发布了一条针对美国激素牛肉的进口禁令。他们的领导人是曾经的哲学系学生若泽·博韦,对他而言,麦

---

① 位于法国中南部,是法国传统畜牧业区域。

当劳代表着美国对传统农耕方式、传统食物获取方式以及传统农民身份的进攻。

车队抵达麦当劳分店。由于他们提前通报过他们的行动，分店工地上空无一人。牧民们把建了一半的店面小心拆解了，把麦当劳的建筑材料堆到了地区政府的大楼前。面对看热闹的围观群众，他们奉送自制的洛克福奶酪。他们在城中又穿梭了一圈，然后解散车队，钻进一家餐馆，聚餐庆祝。[218] 若泽·博韦，后来的欧盟议员与反全球化英雄，则因此次行动被关了十九天，因为他拒不接受当局提出的任何调解方案。这期间，他瘦了四公斤。牢里的饭菜太差了。

★

安东尼·伯尔顿在圣豪里餐厅接到电话的时候，正忙着给一条鲑鱼去刺。《纽约客》的美食主编跟他说准备刊登他的文章。1999年，他的文章发表。此后，安东尼·伯尔顿再也不用单纯地洗鱼做鱼。很快就有出版社找上门要出版他的传记。不久之后，伯尔顿成了美国流行文化最负盛名的人物之一：畅销作家、电视名人、评论家、冒失鬼。

不过，他现在必须先把传记写出来。每天清晨，他坐在书桌前，检阅他的厨师生涯。他的思绪飘回曼哈顿"彩虹空间"餐厅的厨房，那儿的一个前辈曾不停地揍他的屁股，直到伯尔顿把一柄烤肉叉扎进他的手。他又看看自己手上的伤疤，回忆这些伤疤背后的故事。偶尔他也会想想吃饭这件事——它构成了他的职业，幻想一下图卢兹香肠、油封鸭和牡蛎。印象中最鲜活的记忆要数几十年前，大西洋边上的普罗文斯敦，他厨师生涯的第一站。那儿的海浪朝着房屋怒吼；那儿的厨师举止像海盗，牛排与鱼都是烤着吃，手里刀叉乱挥；那儿曾有一场婚宴，宾客与新郎在前面餐厅里欢庆，新娘却在屋后垃圾桶旁跟一个厨师尽情偷欢。作为这一幕的见证者，安东尼·伯尔顿说，成为专业厨师在他眼中变得特别令人着迷。[219]

★

芭芭拉·艾伦瑞克是女权主义者、生物学家、调查记者，坐在一家据说供应简单法国乡土菜的美国餐厅里，吃着一顿极其昂贵的午餐。她来此是为了跟《哈泼斯》杂志的一名编辑讨论选题。她没有特别具体的想法。不过这次谈话围绕着她最爱的话题之一：贫穷。

过往岁月里，艾伦瑞克的文章一直在书写美国社会的发展。她尤其关注那些因为九十年代削减福利而被迫接受低薪工作的妇女的贫穷。她认为美国深受社会不公的影响，美国文化是让上层阶级受益的文化，而工作的穷人干着低收入的工作，牺牲他们的健康与精力。在艾伦瑞克看来，富人并不是美国真正的慈善家，穷人才是，那些被迫向中产阶级提供舒适生活的穷人。[220]于是她说，在这家精致但装修简单的餐厅里，坐在这餐座旁，得有人写一写这些事情。完全旧派的新闻调查方式：必须找人去探访那些工作的穷人做牛做马的地方，并亲身体验一番他们的工作。她的编辑看着她，只说了一个字："你。"[221]

★

他在1971年的秋天组建了第一支乐队，当时他二十三岁。乐队原本要取名"闪电战"。那时候，第二次世界大战刚刚过去四分之一个世纪，这样一个名字对一支德国乐队来说依旧相当刺激神经。不过这正是关键所在：他想要打破禁忌。可惜英国已经有支"闪电战"乐队了，于是他选择了三十年战争时期一位德意志将军的名字。他的乐队叫"华伦斯坦"。他们在法国受到了认可。法国人懂得珍视他们把旋律、狂野以及一种深邃感触融合起来的方式。他总是不停地尝试新的风格，有几张专辑无人问津。老成员离开乐队，新的又补充进来。毒品总是与他们不离。最后，他转型做市场流行的音乐。一开始效果不错：一首《莎尔琳》登上了1979年德国流行榜第十七名。后来，赶上"德国新浪潮"，英语歌一下子不时髦了，流行歌星纷纷改头换面。他受够了。"华伦斯坦"亦告结束。将近二十年后，他重返公众视线。他加入《法兰克福汇报》成为一名作家。尤尔根·多拉泽，投身过"闪电战"，投身过"华伦斯坦"，而今又投身美食，而且他的意见是决定性的。[222]

★

厨房里，一个男子把冷冻的牛排摔到墙上，大喊"去你的狗屎"。芭芭拉·艾伦瑞克的贫穷之旅从目睹这幅场景开始。她在佛罗里达南部一家餐馆上午班与晚班。她管这家餐馆叫"炉边"。每小时她可挣2.43美元,小费另计。摔牛排的是厨师比利,他刚刚发现,上早班的同事没有把牛肉化开。工作中负责指导她的是女招待员盖尔,她的男朋友几个月前在监狱里被杀了。芭芭拉·艾伦瑞克听完了整个故事,同时接受了服务基本规则与电脑收银系统的培训。

芭芭拉学着服务,觉得自己还没到位,又继续学,几天后已然觉得自己真的像个招待员。她说,那种"服务理念"就像荷尔蒙一样在她体内扩散。哪怕每小时只挣2.43美元,她也要把工作做得无可挑剔。她的客人都是建筑工、卡车司机与酒店员工。她想礼貌地对待每一个人。她想尽各种可能给他们的冰茶与咖啡续杯。她在沙拉里加些新鲜的蘑菇来调味。她甚至还用上了生硬的德语,朝一群德国游客问了句"一切都好吗",逗他们高兴。那天,她收到了一笔相当大方的小费,这对德国客人而言甚是少见。一段时间里,艾伦瑞克说,她的这趟底层之旅宛如"无产阶级的田园生活"。

唯一的羁绊是:今时今日的美国,没人能在这个田园里幸存下来。加上小费,芭芭拉·艾伦瑞克每个钟头大约挣五美元。她清楚意识到,"炉边"的这份工作不可能保证她同事们的生存。琼住在汽车里,车子停在一家购物中心后面,洗澡则去一个朋友家解决。安迪的居所是条船,停靠在一处干枯的码头。克劳德跟他的伴侣同另外两个室友一起共租一套两居室公寓。没有谁有能力单独租下一套公寓,因为没人能一下子承担一个月的租金以及等额的押金。于是，为了使体验更加贴合实际，芭芭拉·艾伦瑞克必须打两份工。早上，她在杰里餐厅当招待员，穿着一件搞笑的粉橙色夏威夷衬衣，下午则在"炉边"餐厅打工。她坚持了两个整天。[223]

★

塞克·西比一家从马里移民到象牙海岸的阿比让市。一家十四个孩子，塞克排行第六。他的父亲做纺织品生意，母亲在一个市场里卖冰。塞克·西比是个成绩优异的学生。上完大学后，他在阿比让市一所私人学校里当上了法语老师。工作收入很少，有时候分文全无。他参加罢工，但总感到不安，因为他从未被认为是科特迪瓦人，总是被认作来自马里的外乡人。

借助一次旅游签证，他来到美国。他在那儿为超市送货。每个月可以寄几百美元给阿比让市的一家子。在纽约度过将近一年以后，塞克获得一份新工作——通过一个同样来自象牙海岸的朋友。纽约一家鼎鼎有名的餐厅要找帮厨。塞克得到了这个岗位，尽管在那之前，他只给自己做过饭。

从第一天起，塞克在厨房里就学得很快，很专心。他坚持不懈地做笔记。等级比他高的厨师大多来自中美洲与南美洲。他懂西班牙语，细心听他们说话，记下他们的秘密与菜谱。六个月后，他得到提拔。他成了真正的厨师，成了团队的一分子，无论是在厨房还是其他地方。墨西哥籍的厨师与糕点师拉他进了他们的足球队，他们定期在皇后区的科罗娜公园碰头。塞克·西比后来在他工作的餐厅——世贸中心的"世界之窗"——很受欢迎。2001年9月8日,他跟同事莫伊塞斯·里瓦斯换了下班:星期二换星期天①。²²⁴

★

芭芭拉·艾伦瑞克现在住在"海外拖车公园"第46号车屋里。上午下午连着在餐厅服务,她没能撑下来。她把"炉边"餐厅的招待员工作换成了"杰里"餐厅旁边一家酒店的客房服务工作,又把"杰里"的早班换成了午班。就算这样,其实也行不通。客房有个服务员告诫她,这么干,她太老了。但不行也得行,否则钱就不够用。接近八百万美国人,占比超过全国就业人员的百分之六,当时都干两份工。为什么她就不行?

从酒店下班后,就到了艾伦瑞克借卡尔·马克思的话命名为"劳动力再生产"的时间。她要服四片药,缓解因铺床与清扫引起的背痛。她简单冲个澡,再把"杰里"餐厅工装裤上大块的沙拉酱与番茄酱污渍弄干净,套上"杰里"餐厅搞笑的夏威夷衬衣,吃几块麦乐鸡,然后去上班。

不久前,"杰里"餐厅的奶油喷罐被换成了成品奶油袋,因为有员工把喷罐里的燃气当毒品来吸。今天在厨房当班的是杰西,他完全是个新手。24号、25号、27号、28号桌同时

---

① 星期二即9月11日,9·11事件爆发,世贸中心遇袭倒塌。

来了客人。那是芭芭拉·艾伦瑞克的责任区。她看到十个英国游客坐24号桌,四个雅皮士坐28号。英国人点了各种能想到的饮品:一个要啤酒与柠檬水,另一个要奶昔跟冰茶。25号桌的夫妇觉得冰茶不够新鲜,桌子黏糊糊的。24号桌的不列颠王国又点了无数的食物:从马苏里拉芝士条到"香蕉船"与各种"特制早餐",再到鸡米花。鸡米花原本是开胃菜,不过既然跟其他食物同时下单,其他食物便只得靠后再上,使得鸡米花实际上又变回了开胃菜。芭芭拉·艾伦瑞克开足马力,跑了三趟,端了三大托盘,不一会儿又得把全部东西端回厨房给杰西或塞进微波炉。餐馆里所有的桌子都坐了客人,杰西忙不过来。芭芭拉再次把主食端到24号桌,英国人觉得食物加热得不够,因为早上换床单、擦浴室累得跟狗一样的芭芭拉只得把食物又端回来,汉堡、鸡蛋、吐司、香肠,三大托盘,跑了三趟,这下她也搞不清楚24号桌的谁谁谁到底点了什么,搞不清楚那些"特制早餐"——"传统的""超级抢手的"与"大开眼界的"——的区别到底在哪里,而她的同事乔伊朝她大喊大叫,奇怪她怎么会搞不清楚。正当乔伊喊着跟她说"超级抢手"与"大开眼界"的区别时,一个客人——虽然不是24号、25号、27号或28号桌的——跑进厨房,吵闹着说他足足等了二十五分钟,于是乎,刚刚还朝知名纪实作家芭芭拉·艾伦瑞克叫喊的"杰里"餐厅领班乔伊,立马转身呵斥客人,要求他马上从厨房离开,然后又把一个托盘摔在年轻的、把事情搞得一团糟的杰西身上,这成了芭芭拉对"杰里"的最后一幕记忆。因为她跑了。干脆地跑了。一声未吭。工资也没结,未经任何人许可。她出了门,跑进停车场。

芭芭拉·艾伦瑞克,生物学博士,把当招待员打工视作一次科学实验。但归根结底,这对其他人而言并非一场实验,对她则是一次考验,而她未获通过。跑到外面的她突然想起来,她忘了把小费分给——并非事前约好——那些真正贫穷的同事。他们可没有机会重返中上阶层的生活,在那种生活里,三十美元(员工购买"杰里"餐厅黄褐色工装裤的必需费用)不会让人心痛好几周。这一切让芭芭拉·艾伦瑞克痛心。她后来在她的畅销书《工作的穷人:走进服务行业》①里说,她没有哭。但她从"杰里"逃离并不是什么值得庆贺的事,也不是骂句脏话便能如释重负。她只感觉一败涂地。225

★

尤尔根·多拉泽为《法兰克福汇报》写美食评论已将近一年。他写过一篇文章,在其中模仿阿多诺的《音乐社会学导论》对高端餐饮业的消费者做了类型分类。他曾赴巴黎阿兰·杜卡斯的米其林三星餐厅就餐,赞美了这位顶尖厨师做的牛肉丸,对其"混合了裹糖土豆、猪头肉沙拉以及苦味药草的松脆的农庄培根饼"却大加鞭挞(多拉泽原话:"一盘噩梦。"),此外,他还反感杜卡斯餐厅中"穿着日常服饰、烟不离手的日本人",反感只想吃肉的美国"商人,身边伴着金发

---

① 本书简体中文版 2014 年已出版,译名《我在底层的生活》。

高耸的女子"。世纪之交时,他试吃了德国顶级厨师们推出的新年菜谱,认为约翰·拉费尔的"泰国柠檬片配安格斯牛排、尖头包菜辣味卷以及李子酒汁"最是"让人愉悦",可以列入年度美味。

如今,2000年10月,他认为已经到了给美食评论上一课的时候。他抨击德国美食评论家的"大度",抨击他们评论的"个性化",尤其抨击他们"用少年时的趣闻与偏爱"给评论的"不稳固框架"增添负荷。他们老了,这些食评家,多拉泽说。很明显,他头一个针对的是沃尔夫拉姆·席贝克。集中火力"美化熟人"不再管用。顶级厨师并不是"家庭主妇"的"自然升级"。多拉泽强调"分析中要有更多的精确""描述时要有更强的透明",强调"分门别类的风格"以及"前后一致地遵从同一种尽可能精确的标准"。他告诫说:"毫无差别的赞美所能引发的不幸,往往受到忽视。"

这话的意思,约翰·拉费尔在2001年春便深有体会。一年前,这位电视厨师仍得到多拉泽"令人愉悦"的赞美。这对他毫无助益。多拉泽在斯特朗堡的"瓦勒多"餐厅吃了顿饭,大失所望。拉费尔做的鹌鹑煨过头,味同嚼蜡;土豆"又凉又老";菲力小牛排"难以下咽","一口糊状咬不断";玉米粥"咸得吓人";作为饭后甜点的香槟慕斯,顶着"一层有些干瘪的果冻"。多拉泽评价拉费尔的菜品:"他的创意的突出特征"在于"不够新鲜"。最后,他甚至激昂不已:是"人民"把电视厨师约翰·拉费尔"变得伟大",人民现在必须有些收益。而约翰·拉费尔亏欠"人民"的——投身过"闪电战"、投身过"华伦斯坦"的尤尔根·多拉泽也清楚，正是"多一些精确"。[226]

★

2001年9月11日，"世界之窗"餐厅有七十三名员工失去了生命。这些员工基本都是做下层工作的。他们当时正在准备一场大型早餐聚会。塞克·西比那天休息。和他换班的莫伊塞斯·里瓦斯没能在袭击中幸存。[227]

2001年秋，"世界之窗"的前员工们纷纷寻找新工作。他们大部分是移民。大卫·埃米尔，"世界之窗"餐厅的老板，一开始宣布会把他们所有人一起带去他的新餐厅"夜"。他没信守承诺，只接收了少数几个员工。

塞克·西比在这次灾难中深受重创，再也不想去餐厅工作。他改开出租车。以前的同事们则认识到了纽约餐饮行业骇人听闻的一面。在世贸中心工作时，他们组建了工会，拿到的工资与福利均超过社会平均水平。其他地方的情况却大不相同。美国餐饮业中仅有五分之一的岗位可以保证生活，其他岗位上的人都指望小费度日。非法移民在餐饮业职工中的占比达百分之四十，他们的情况更加煎熬。他们在剥削面前不受任何保护，因为跟老板的任何冲突都可能导致他们被当局登记在案。

★

库尔德人穆罕默德·图尔古特出生于1979年，在卡亚力克村长大，那是土耳其东部的一个山村。这片地区几乎没什么挣钱的活路。十五岁的时候，穆罕默德和他的哥哥尤努斯交换了护照，想以此逃过兵役。同年，他躲在一辆卡车里，踏上前往德国的路途。他在那儿有亲戚朋友。然而，他的避难申请未获通过。于是，穆罕默德·图尔古特在十七岁那年被遣返土耳其。两年后，他再次回到德国，再次提交避难申请，原本又要被遣返，但他躲藏了一段时间，尔后才真的被遣送出境，不过没过多久他便在蛇头的帮助下偷渡回德国。他遭到拘捕，后被释放，等待新一次的遣返。这个时候，穆罕默德·图尔古特已经二十六岁，同样来自卡亚力克村的老乡海达尔·艾登给了他一个机会在一家土耳其烤肉铺工作。铺名叫"烤肉先生烧烤"，位于罗斯托克市的托伊滕温克尔区，夹在板式楼房与联排别墅之间。穆罕默德住在海达尔·艾登家里。他很惊恐。每天他都掐着指头算何时被拘捕遣返。[228]

★

萨鲁·贾亚拉曼，耶鲁大学毕业的律师，二十七岁。她对餐馆的认识仅限于当客人。即便如此，她在2001年接管了酒店与餐饮职工联合会的一个下属部门：餐饮业机会中心。她的第一单任务是把"世界之窗"餐厅的前员工们组织起来，第一次抗议行动针对的是"夜"餐厅。当各界名流在时代广场踏上新餐厅开业的红地毯时，迎接他们的是一帮失业的服务员与厨师。《纽约时报》对此予以了关注，报道了未被信守的承诺。仅仅几天后，餐厅老板约见贾亚拉曼，作出让步：他会继续聘用以前的员工。这是餐饮业机会中心的第一场胜利，但萨鲁·贾亚拉曼还有更庞大的计划。她将成一个核心人物，引领一场与餐饮业的野蛮剥削做斗争的运动。"9·11"灾难七年后，贾亚拉曼接管了全美国范围的餐饮业机会中心。塞克·西比接替她成为纽约分部的新任负责人。曾经的法语老师，后做厨师，再开出租，而今成了工会骨干。[229]

★

比尔为马里奥·巴塔利的"巴博"餐厅烤肉。他不是受过训练的厨师，但他热爱这份工作。比尔说，厨师分两种：做糕点的厨师，干活倒更像搞科研，注重精确，用料要一一测量；做肉菜的厨师，不用测量，而是靠感觉。没有哪本教科书会教人感觉。厨师从哪儿知道羊肉已经"三分熟"？因为它具有了某种柔软，触摸它的时候仿佛摸枕头，有点儿像马里奥·巴塔利掌心中最柔软的那个部位，不过这一点最初对比尔没什么助益，因为他的手跟马里奥不一样。

巴塔利是电视厨师，拥有自己的节目（《非常马里奥》），闻名于整个美国，是个公认的大男子主义者和聪明人。几周前，比尔开始为他工作，在其位于纽约的餐厅里。更有甚者：烤肉的事现在全都压在他头上。比尔要为"巴博"餐厅所有吃肉的客人准备烤肉。为了自学掌握那种感觉，为了成为烤肉厨师，他初学煎烤时，不是等肉块烤好之后才去触压它，而是在它仍未烤好之际。摸一下,没好,又摸,还没好,再摸,仍旧不行,继续摸,好了。他热爱这种学习方式。这是一种儿童般的学习,完全不同于他成长的那个世界,完全不同于他以前从事的案头工作。在厨房,一切只跟身体有关,只跟感觉有关,只跟你嗅到的、捏到的、觉察到的东西有关。

烤肉师傅比尔对"巴博"餐厅那些几乎难以忍受的忙乱夜晚既爱又恨。每隔几秒一个新点单。羊排、羊排、肋眼牛排,又是羊排、羊排、兔肉,更多的羊排,有的要五成熟,有的要全熟。拿肉、调味、上烤架、摸一下、烤、再摸一下,拿肉、调味、上烤架,更多的羊排、羊排、兔肉、羊排。火焰从烤架窜出来,不是好事,烤的肉太多,油脂跟着就多了,比尔只得围着火焰烤。他满头大汗,感到跟不上趟的恐慌,感到肾上腺素涌动,刺激他一定要把事情做好,听到一个同事说话的声音,他说,就是这些"滋滋"声,他们为此而活。热浪。忙乱。还有外面世界的文明人绝对感觉不到的能量。而他,比尔,正处于这种能量的中心。至少直到巴塔利返回餐厅,察觉事情不对劲之前。[230]

★

伊斯梅尔·亚萨尔在纽伦堡的沙尔学校对面经营着一家土耳其烤肉铺。亚萨尔出生于土耳其的阿兰尤特村,1978年来到德国。他被承认为难民。他年届五十,结过三次婚,是电焊熟工,但十年前开始在纽伦堡经营不同的烤肉铺。这处烤肉铺属于他自己。他的儿子克雷姆在沙尔学校上学。铺子是一个简陋的白色集装箱，挨着一家艾德卡超市。一份烤肉卷两欧元。遇到克雷姆的同学，伊斯梅尔·亚萨尔偶尔会送他们冰块吃。晚上，他坐在集装箱旁，跟附近的熟人一块儿喝茶。[231]

★

主厨巴塔利出门了一个月，为了做宣传。这下他又回来了。他仔细观看比尔工作。他摸了摸比尔烤出来的里脊肉，还没有完全熟透，便扔回烤架，或许还有救。然后他转向比尔的兔肉，用手指检查了一番。烤得太过，无计可施。尽管如此，兔肉还是端上了餐桌。马里奥朝比尔背过身去。他跟两个厨师简短说了几句。比尔没听懂他们说什么，但听到了"不可接受"这个词。烤架被另一个人接管。比尔无事可做。他站在狭窄的厨房里，尽量不挡别人的道。他等着。没人看他。一个小时后，马里奥·巴塔利已回家去了，有个厨师可怜他，让他重新烤肉。[232]

★

赫斯顿·布卢门撒尔乘飞机去马德里。坐的头等舱，人生头一回。一辆宝马豪车在机场接上他，送到一家豪华酒店，入眼尽是红木家具与大理石。在"市府皇宫"酒店，上百人正等着他。他们是2004年1月令人瞩目的美食峰会"融合料理II"

的宾客。全世界最优秀的厨师聚集于此：弗莱迪·吉拉德特、特罗斯葛罗兄弟、费兰·阿德里亚、朱安·马里·阿萨克。戴上耳机可以听到同声传译，巨大的屏幕上显示着每个发言人及其发言报告。

在英国老家，布卢门撒尔的餐厅不久前差点儿破产。米其林二星的"肥鸭"餐厅仍未取得商业上的成功。甘草鲑鱼等满载期望的创意菜并未能引来源源的顾客。周末时，大部分餐位都能预定出去。其他时间，餐厅里近乎空无一人。有时候，布卢门撒尔的团队仅需准备两桌菜——有天晚上的客人刚够六个。布卢门撒尔想不出法子支付员工的工资。

他让人在报告厅的每个坐席上放了一个印有"肥鸭"餐厅标志的信封，信封里除了其他东西，还有一只气球，里面装了安息香醛，即杏仁泥的香料。他有十分钟时间。对着美食界的大腕们，他谈论自己的烹饪手段。他展示液体氮的使用方法，谈论他用来烹制鹌鹑冻的泵机。十分钟报告时间将尽时，实际已经破产的布卢门撒尔请"市府皇宫"的宾客们把气球拿到手上。这个星球上最具天赋的厨师们——吹起气球，高高举起，放手让它们飘走。气球在大厅中随意飞旋飘荡。一朵杏仁味的云彩升腾而起，充盈着整座报告厅。

★

2004年2月25日上午，穆罕默德·图尔古特架好烤肉杆，煮上咖啡，开始切菜。10点20分，海达尔·艾登发现了他。子弹击中了穆罕默德·图尔古特的太阳穴、右侧脖颈与后颈。他在医院死去。2005 年 6 月 9 日上午，不到 9 点，伊斯梅尔·亚萨尔签收了面包。10 点前几分钟，一个客人点了一份烤肉。10 点 15 分，他被发现死在自己的铺子里。子弹击中了他的上身与头部。

除了穆罕默德·图尔古特与伊斯梅尔·亚萨尔，2000 年与 2006 年之间，德国境内还有一个花商、一个改衣服尺寸的裁缝、一个锁匠、两个果蔬商、一个报刊亭经营者以及一个咖啡店老板被杀害。所有死者几乎均有土耳其背景，除了锁匠狄奥多罗斯·布加里德斯来自希腊。媒体新创了"烤肉谋杀案"一词，来指称这一系列凶杀。唯有土耳其语的报纸使用的是"烤肉人谋杀案"一词，提醒人们注意凶杀事件的牺牲者是一个个的人。[233]

十五岁的克雷姆，伊斯梅尔·亚萨尔悲痛的儿子，被采集了指纹，比对了 DNA。他被怀疑谋杀了他的父亲。后来，刑警又怀疑伊斯梅尔·亚萨尔利用烤肉铺做毒品交易，在烤肉杆上寻找毒品的痕迹。烤肉铺经受了几个月的查封，克雷姆的母亲却仍需支付租金。她负了债。[234]

纽伦堡警方命名为"博斯普鲁斯"的"特别调查机构"最后又采取了一步行动：他们开了一家烤肉铺。便衣警察在其中售卖土耳其特产。他们故意不向供货商付款：烤肉铺最后未结的欠款达到了三万欧元。如此，凶手或可被情况类似于穆罕默德·图尔古特或伊斯梅尔·亚萨尔的人吸引出来，因为"特别调查机构"推测这是土耳其人有组织的犯罪行动。

催债人并未带着枪出现。查案记录中只记载着一次特别事件：一名中年男子站在烤肉铺前肆意咒骂。他埋怨"土耳其人抢走了德国人的生意"，埋怨他们"在德国扩张"。他一边骂，一边指着通缉海报（海报上登着针对土耳其籍小本生意人的系列谋杀案）大声宣告，如果不能另寻他法赶走土耳其人，那么"只好这样子送他们回老家"。[235]

★

聚在马德里的顶级厨师们兴奋雀跃。在这个赫斯顿·布卢门撒尔打小梦想的世界里，他备受欢迎。但是，挽救"肥鸭"餐厅的既非杏仁味香气，亦非制作鹌鹑冻时所使用的给人深刻印象的抽气技术。在马德里，布卢门撒尔还获知他将获得第三颗米其林星。记者们汹涌地包围了他。他清楚：这份荣誉让他脱离了财务危机。第三颗星使"肥鸭"成了全世界最佳餐厅之一。回到英国后，已然位列国际顶尖厨师精英的他，将需要解决新的问题：怎么改进他的厨艺，保住这第三颗星，还有如果客人问起怎么在餐厅附近降落直升机，他又该做什么。[236]

★

阿里·居格米斯受到了表彰。联邦德国在其举办的"创意之国"活动中公布了一份四十岁以下"新世代新年创意者"百人名单。柏林的德国历史博物馆展出了这一百人的生平与照片，其中有作家、电影导演、自然科学家、运动员，以及厨师。

截至当时，即 2006 年，居格米斯的生平事迹已经悬挂过多处地方。他曾在慕尼黑米其林一星餐厅"钟溪"做过伙计与调汁师，曾在二星餐厅"坦崔斯"做过厨师领班/厨师主管，曾在维尔茨堡附近的二星餐厅"瑞士小屋"做过冷盘厨师/厨师主管。后来他返回慕尼黑，在"甲虫酒馆"当厨师主管/初级厨师长，在"埃德雷尔"当厨房主管，紧接着就职"伦巴赫"餐厅。2005 年 4 月起，他成为汉堡"新卡纳德"餐厅的所有人与厨房主管，同时得到了第一颗米其林星。

"德国：创意之国"活动选择从其他方面介绍阿里·居格米斯。介绍中甚少涉及德国的高级餐饮或者居格米斯缤纷多彩的职业经历，而更多关注德国人对土耳其移民的刻板印象。"一份烤肉 22 欧元？"生平介绍如此切入，"没问题，只要是阿里·居格米斯做的绝味烤肉。"[237]

★

"巴博"餐厅的烤肉师傅比尔，比尔·比福德，是个"打字家伙"。他是这么称呼自己的。他不是厨师，而是《纽约客》的编辑。他把自己归入一类典型的大城市人，这类人的全部生活都围着语言打转，围着阅读、抽象概念、演绎思维忙活。现在，他想要了解一种别样的、更有机化的知识。他想要"简单的快乐"。他觉得，烹饪是唯一还能实现基本享受与身体学习的活动。因此，他试着在"巴博"的烤肉架前变换着体验各种成功。他学习怎么用大拇指和一块木头把面团捏成一只只小耳朵。刚开始时他没捏成，捏着捏着突然就会了，然后就做出了成千上百个猫耳朵，每个耳朵都是一个朴素的艺术品。比尔·比福德渴望拥有"厨房意识"。他不想从书本里，而想通过身体学习怎么准狠下刀，给羊肉去骨；怎么串扎肉块，在蔬菜上淋糖浆，在餐盘中喷洒点点酱汁；怎么抖动炒锅，翻转锅里的东西，以及怎么晃动煎锅，让锅里的东西只顺着锅沿转动。[238] 正是对这种"厨房意识"的找寻把他引向马里奥·巴塔利，又继续把他带至意大利，在一个传统屠户手下做起了学徒。

这段旅途的最后，比尔·比福德——自始至终的"打字家伙"——发现了一个简洁明了的关于知识与生活的道理。手是这个道理最重要的组成部分：厨师的手，以及其他与饮食打交道的手艺人的手。比福德说，有时候，这些人把手变小，有时候又把手变大。他们用手揉面，用手拿刀子处理肉。他们带给人们的不仅仅是食物，还带给当今的年轻人一种知识：他们的父母、祖父母是如何用手干活的。

在我们这个时代，比尔·比福德说，用手做食物是一种抗议行为。他指出，上千年的传统正处于危机之中。没人再注视厨师的手，然而唯有通过手，厨师才能表达自己，才能唤起那些造就了他们的记忆。对比福德而言，摧毁这种传统的不是快餐食品，而另有缘由，即如今改由消费者决定该吃什么以及何时开吃，而不再由制作者决定，不再由清楚什么拿手、什么不拿手的厨师决定。[239]

★

　　玫瑰的花朵尝起来像洋蓟：至少从厄瓜多尔进口的有机玫瑰花经过烹饪后就是这个味道。这道菜暗含的想法正在于此。将玫瑰花瓣放入沸水煮一遍，再放入冰水激一激，而后在盘中把它们摆成玫瑰一样的形状。这道菜看起来、尝起来就像用精心雕刻的洋蓟花瓣做成的一朵玫瑰花。但实际上，这是用看上去像洋蓟花瓣的玫瑰花瓣做出来的玫瑰。这就是要点所在。

　　这个想法近似于：用来做扁豆汤的扁豆其实不是扁豆，而是扁豆状的面疙瘩（用融化的黄油与芝麻糊做成面团，再将其放入一个精巧的喷嘴挤出面疙瘩）。这些不是扁豆的扁豆被置于玻璃小碗里，倒入清汤，加少许香菜。样子学的是传统扁豆汤的样子，只不过扁豆并非真扁豆，正如玫瑰不是洋蓟。不过，谁若脑子里装着对所谓"分子料理"的老套印象，认为扁豆非扁豆，猜测其中用秘密的化学添加物做过处理，那就大错特错了。除了黄油与芝麻糊，别无他物。当然还有冰水。

　　这是费兰·阿德里亚所构想的"技术情感料理"。通过这类充满嘲讽意味的菜式，"斗牛犬"餐厅成了全球艺术与文化的一道景观。巴黎的蓬皮杜中心展出了"斗牛犬"的盘子、碗与刀叉。国际纪录片导演来餐厅拍摄片子。第十二届卡塞尔文献展邀请阿德里亚作为艺术家参展。为期一百天的艺术展期间，经主办方挑选，每天会有两名参展嘉宾到"斗牛犬"就餐。[240] 在餐厅的档案库中，2007 年有超过二千五百篇文章以

"斗牛犬"为主题，总计达到一万四千页。[241]

那几年，国际报界形成了一个让读者既愉悦又迷惑的缩写"IAAEBP"①。缩写背后暗藏着新闻界长篇累牍地报道在阿德里亚的餐厅享受美食的狂热。IAAEBP的标准内容是：沿着狭窄而危险的蛇形小路抵达餐厅，对着橄榄冥想，回味佳肴时使用宗教或性爱方面的隐喻。[242] 很少有报道关注，这些不是扁豆的扁豆以及玫瑰-洋蓟-玫瑰到底是谁做的、怎么做的。

★

朱安·莫伦诺被垃圾熏得喘不过气。秃鹳在他头顶盘旋，一群食腐肉的黑鸟。像秃鹰，只是个头更大，莫伦诺想。他是一名德国记者，正在内罗毕一片垃圾处理场转悠。一个名唤萨法里-萨法里的男子领着他跟摄影师迈科·塔列尔乔穿过这片叫丹多拉的垃圾场。垃圾场占地四十公顷，垃圾山有三十米高。朱安·莫伦诺很感激有风，能吹走一部分臭气。焚烧着的垃圾堆中，橡胶烧得呲呲响，烟气四散。然而，就算橡胶的气味也好过垃圾的恶臭。萨法里-萨法里走得很快，自如地穿梭于成座的垃圾山、火焰、浓黑烟雾以及赤手在垃圾中扒拉值钱东西的妇女们之间。

莫伦诺和塔列尔乔一脚深、一脚浅地在垃圾场上挪行，他们要做关于厨师的报道。莫伦诺说："他们有最好的故事。"他

---

① 原文为英语"I ate at El Bulli pieces"，意为：我在"斗牛犬"餐厅吃过饭。

和摄影师两人为此长途跋涉。他们采访了马德里的一家餐馆，它垄断了烹制西班牙牛尾的专利，在地下室的冰柜里保存着上千份真空包装的现成品。他们还刺探到了牛尾菜谱的奥秘：三头洋葱、十个蘑菇、四根胡萝卜、一百五十克豌豆、半升烈性红酒，烹煮三个半小时。莫伦诺和塔列尔乔还采访了来自俄勒冈州波特兰市、号称"蒂法护士"的女厨师，她半裸拍摄烹饪视频，网上点击率奇高。比起谈论食物，人们更多谈论她胸部的尺寸以及是否天然。他们到内毕罗这儿来寻找一名叫菲丝·墨丹妮的妇女经营的餐馆。转过下一座垃圾山，萨法里-萨法里说，就找到它了。[243]

★

"斗牛犬"的厨房要花两个钟头来烹调玫瑰花瓣。把玫瑰花瓣放进沸水，再从沸水里捞出来；把玫瑰花瓣放进冰水，又从冰水里捞出来。做完一遍，再做一遍。这道工序结束后，下道工序即告开始。玫瑰花瓣被摊开铺平，花瓣的顶端须保证些许翘起，确保视觉上的美观。待花瓣干透，等到即将上菜时摆入盘中。每个旺季，三十二名不拿工资的年轻厨师为"斗牛犬"工作，其中十人每天要忙上整整一个钟头，完成玫瑰花瓣的摆盘。先是外围一圈，再是中间一圈，最后是内里一圈。

制作不是扁豆的扁豆时，八个长期实习厨师每天需用喷嘴往冰水里挤压两千个扁豆粒。这听起来很简单：喷嘴里放入少许面团，压一下，结束。但每个厨师要花一个多小时才能做出二百五十粒扁豆，因为这个活儿快不了，因为挤压喷嘴时稍微多使一点儿力，出来的就不是扁豆，而是毫无用处的虫状物。面团不能太凉，挤压期间必须不停反复加热。双手、手臂紧握喷嘴的动作不得有丝毫偏差。这项工作最吓人的一面是：年轻的实习生们看到碗里的面团总是剩得很多，不可思议得多。总是比他们想的要多。

曾经的海边餐吧，如今的"斗牛犬"餐厅就是这么做菜的。莉萨·阿本德，美国记者，对此很清楚。她没有跟风撰写IAAEBP，而是在费兰·阿德里亚的支持下，花了整整一个旺季的时间在这家号称世界最具创意的餐厅里跟踪观察厨房工作。莉萨·阿本德领悟到：单调是阿德里亚成功的真正秘诀。成打的年轻男女厨师为其制作扁豆粒，把玫瑰花瓣从水里捞出来，又放进去。他们从这样的劳动中其实毫无收获。因为世界上没有另外哪家餐厅有本钱花几小时的时间制作玫瑰-洋蓟-玫瑰。没人能成长为厨师，只因他通过精确的挤压用喷嘴压出了二百五十粒芝麻糊黄油扁豆。虽说如此，费兰·阿德里亚收到的申请却数不过来。[244]

★

穆斯塔法·图尔古特在卡亚力克村待不下去了。自从他的哥哥在德国被枪杀后，村子里就流言不断。德国警察审问了家族成员，认为作案动机是血亲仇杀，这使得流言愈发沸沸扬扬。海达尔·艾登，"烤肉先生烧烤铺"的老板，护送着穆罕默德的尸体回到卡亚力克村。他也被怀疑具有作案嫌疑，尽管不是被穆罕默德的家人怀疑。他们坚信是德国的新纳粹杀害了穆罕默德。父母在村中受到孤立。他们失去的不只是一个儿子，穆斯塔法·图尔古特后来说，还有"家乡、亲朋好友"。

穆斯塔法离乡去了南部海边的疗养地安塔利亚。他在那儿的一家餐馆当招待员。他同样认为德国人是杀害他哥哥的凶手。尽管如此，当他在餐馆里为德国人服务时，留下的印象却不大一样。那些来此就餐的游客在他看来有礼又亲切。其他国家的客人只管让垃圾在桌上放着，德国人却不一样，穆斯塔法·图尔古特这么觉得。他们会把座位清理干净，甚至把四处掉落的碎屑也清掉。这让负责为他们服务的他感到肃然起敬。

2011年11月，穆斯塔法·图尔古特在德国的表亲给他来电话。他被告知，杀害穆罕默德的凶手已经得到确认：德国新纳粹——正如图尔古特一家猜测的一样。2013年春，穆斯塔法将会去慕尼黑，作为共同起诉人出席所谓的"国家社会主义地下党"（NSU）诉讼案庭审。他将获得工作许可，像他哥哥一样在一处小吃铺找到一份工。到那时，他将满二十二岁，而关于自己与德国人的关系，他会说："一个国家就像一只手。每个手指都不同。"他会梦想成为律师：德国的律师。[245]

★

2012年秋，专业科学期刊《流行病与传染病》刊载了一篇由史密斯、麦卡锡、萨尔达纳、伊赫克韦朱、麦克费德兰、阿丹克、伊图里扎-哥马拉、比克勒与奥莫尔联合署名的论文。论文的主题是关于 2009 年 1-2 月在英国一家餐馆爆发的诺如病毒。九位撰稿人分别就职于英国卫生机构的四个不同部门。他们接触的两百多人均在同一家餐馆受到病毒感染。他们向 591 人发放了调查问卷，其中 386 人填写了问卷，平均年龄 38 岁。240 人确认自己身上出现病症：82% 出现腹泻，78% 感到恶心，73% 出现呕吐，65% 出现腹痛。此类不适持续了三天之久。研究者还同时从餐馆客人及员工那里收集了粪便样本。

卫生机构的九位撰稿人先是证明餐馆供应的牡蛎感染了诺如病毒。他们指出，贝壳类生物往往易受污染，因为养殖它们的海水遭到了人类排泄物的污染。撰稿人接着提出餐馆本身亦存在卫生隐患。员工们在报告中承认，他们就算出现生病征兆仍需上班。此外，撰稿人推测该餐馆的厨房处理食物采用的方式过于复杂、用时过久，使得感染了病毒的厨师有可能将病毒传染给饭菜。另外，他们在报告中指出，卫生部门很晚才得知相关消息，未能阻止疫病的加速蔓延。

当时，赫斯顿·布卢门撒尔的公共形象相当清明。他的面孔因《和赫斯顿·布卢门撒尔一起体验厨房化学》《赫斯顿·布卢门撒尔：追寻完美》以及《赫斯顿·布卢门撒尔：追寻完美再探险》等节目而被英国的电视观众熟知，此外还有系列节目《赫斯顿盛宴》《赫斯顿之不可能任务》《跟赫斯顿学做饭》《赫斯顿的美味食物》与《赫斯顿的英国美食》。2005 年至 2011 年间，他出版了七本书。他获得了两个荣誉博士学位与一个荣誉硕士学位，成了第一个以厨师身份成为皇家化学学会荣誉会员的人，并因其结合自然科学与烹饪技艺的贡献荣获一枚大英帝国勋章。

布卢门撒尔在《流行病与传染病》中的出现并不惹眼。撰稿人只是简明地提及他们调查分析的餐馆"采用基于'分子料理'原则的菜谱"。他们解释说该餐馆"烹制供应的菜肴不同寻常，并使用了创意型的烹饪方式"。细心的读者可以从赫斯顿·布卢门撒尔的《肥鸭餐厅烹饪书》中找到感染诺如病毒的对应菜品：含薰衣草的牡蛎-西番莲肉冻。肥鸭餐厅这项精巧的创意引发了英国近代历史上最严重的食物中毒案。[246]

★

菲丝·墨丹妮的餐馆是用树枝跟防水布搭建而成的。柴火上坐着一只只铁锅。她总是做同一道菜，这道菜用大米、豆子、玉米面杂烩而成。她把它们盛在从垃圾场找来的塑料盘里。每份的价格：换算后二十美分。她不用调料。总是只用最便宜的豆子。做好的饭菜就卖给每天在垃圾场上奔波的人。

菲丝·墨丹妮紧挨着垃圾场居住。她单身，有五个孩子。垃圾场的重金属含量之高足以引发癌症、皮肤病与贫血。汞含量高达世界卫生组织公布的临界值的二十六倍，铅含量高达二十七倍。菲丝·墨丹妮每天从早上九点做菜到下午五点，每周有一天作休息日。有时候她一天只能卖出十五份，有时候生意特别好，能卖四十份。一个暴力团伙掌控着垃圾场，强索保护费，支配着每日的生活。

迈科·塔列尔乔让菲丝·墨丹妮站在垃圾场上拍照。她怀里抱一个孩子，另一个大点儿的孩子站在她前面。没有笑容。菲丝·墨丹妮是个"强大的女人"。她力求做到"最好"，朱安·莫伦诺说。塔列尔乔还拍摄了墨丹妮餐馆里的一份标准菜。这份菜谱——正如马德里牛尾菜谱一样——由这两位德国人收录到他们关于厨师及其历史的书中。不过按照莫伦诺的版本，这份菜谱还需要一公斤白菜：这是菲丝·墨丹妮极少使用的蔬菜，除非她在垃圾堆中偶有寻获。[247]

★

玛里琳·哈格蒂已经七十过半。她住在北达科他州大福克斯市，一个拥有五万多居民的小城，在法戈市与加拿大边境之间的半道上。1951年起，她作为记者给大福克斯市当地的报纸《先驱报》写稿。1987年起，她开通专栏《吃到饱》评价小城里的各家餐馆。口诛笔伐不是哈格蒂的所好。在大福克斯市，她说，事情跟大都市有所不同。她不攻击"辛勤工作的餐饮从业人"。对那些令人作呕的餐馆，她从不落笔。

2012年1月，哈格蒂去了大福克斯市的"南门酒吧与烧烤店"。她吃了一份三明治与薯条。她赞美那薯条：金灿灿的颜色、不咸又不淡。她赞美那三明治，但觉得奶酪片有些乏味多余。她赞美一个叫蕾切尔的女招待员，能井井有条地服务一大桌人。她让蕾切尔将她吃剩一半的食物打包，带回家放进冰箱。这些都被她写进2012年1月11日的专栏。几天后，哈格蒂光临了大福克斯市东边的"蓝色麋鹿"。菜单让她觉得很好玩,尽管有些不大明白。"挪威烧烤酱小排"引起她的注意,但她没有点,而是尝试了四美元一份的铁板鸡肉汤。她发现汤很烫,不过内容很丰富。她点了薄脆饼干,端上来的数量亦很准确。1月18日,她在专栏里把这些都分享给北达科他州东部的读者们。

几周后,玛里琳·哈格蒂又来到新开张的"橄榄花园"大福克斯市分店。她到这家美国最大的连锁餐厅之一来吃下午饭。内部装修令她印象深刻。她听从女招待员的建议,选了白酱鸡肉意大利面。她没点广受好评的覆盆子果汁,仍旧选择喝水。哈格蒂把沙拉简明地描述为"让人放心"——在"橄榄花园"的沙拉里出现几粒黑色的橄榄,在她看来真是恰如其分。她赞美了白酱鸡肉意大利面:分量很"大方"。一言概之,她把这家"橄榄花园"分店称作大福克斯市"最大最美的餐厅"。2012年3月7日,她的这篇评论发表在《先驱报》上。它将改变她的生活。[248]

★

主厨背上他的猎枪。他脱掉白色的厨师制服,穿上滑雪服。他套上滑雪板,滑到狗舍,打开笼子放出他的英国猎狗克鲁特。或许他能顺利在树林里打到一只鸟。他滑上通往胡斯镇的故道。以前,一个世纪多以前,那儿曾是一个新兴城镇,直到矿山枯竭,自然又重新将马路覆盖,到如今只剩下一条横穿树林的小径。克鲁特在雪地里弯弯曲曲地跑。主厨听到一只猫头鹰的叫声。此外就是寂静。他停下身姿,想要真切地听听动静。今天他一无所获。

返程路上,快到餐馆时,他砍下一些刺柏树枝,码好放进背包。他带着克鲁特在狗舍边停住,把它塞回笼里,再返回主楼。他又换上白色的厨师制服,走进厨房坐在电脑前,检查邮箱。今天上午大约有一百五十封。

这是二十一世纪的第二个十年,马格努斯·尼尔森是瑞典耶姆特兰省"梵维肯"餐厅的主人。虽然他没有打猎的运气,但今晚餐厅里还有些东西可以吃。比如奶酪,发了大约五六分钟。或者晾干的猪血管,里面塞着鳟鱼籽。或者用青苔滤过的猪肉汤。要搁几周前,他还有秋叶汤,混合了树菇、一把青苔、一捧今年的树叶(枫树、桦树或杨树)以及去年的树叶——最好是闻起来有泥土气、跟土壤几乎难以区分的棕色树叶。今天还有一块老奶牛牛肉,"干化"了七个月,可以煎过后摆在地藓上,搭配发酵后的鹅莓。不过应客人的要求,他估计又得去拿锯。[249]

★

仅仅几个小时,玛里琳·哈格蒂关于"橄榄花园"最新分店的评论就传遍了全美国。丹佛的一个博客转载了链接,更多的网页持续跟进。大城市的网上吃货们指出她的文章有着滑稽的做作。对他们而言,"橄榄花园"是与汉堡王、麦当劳同样档次的餐厅。一个叫大福克斯市的地方却恰巧出现对这种连锁餐饮公司新设立的标准化分支机构全然不同、毫无嘲讽的评论：这样的认知似乎值得思索。

2012年3月8日，文章发表后仅仅一天，哈格蒂接到一通纽约打来的电话。卡米尔·多德罗，《乡村之音》的撰稿人，想要采访她，询问她对文章所获反馈的反应。结果并不令人惊讶：哈格蒂对正面的反馈很高兴，对负面的不那么高兴。不过，事情并未止步于电话采访。安德森·库伯，CNN的明星主播，跟进了这件事。哈格蒂受邀飞到纽约，她现身于全国的早餐档节目中。[250]

既然已经到了纽约，哈格蒂被邀请到"伯纳丁"进餐，那是纽约最好的餐厅之一。主厨艾瑞克·里佩特带她参观了厨房，而后用"试吃菜单"招待她。哈格蒂面前摆着鱼子酱、墨鱼（对她而言是头一回）、章鱼、用橄榄油与罗勒草调制的冰冻果汁、巧克力花生慕斯、咸味焦糖冰激凌。她喜欢厨师的白衣制服，斟酒侍应生的侃侃而谈，还有每道菜一目了然的分量。她特别赞扬"伯纳丁"餐厅预备的小桌，方便女士放置手提包。玛里琳·哈格蒂没看到多少值得差评的地方。她亦是如此为《先驱报》——北达科他州第三大城市大福克斯市的地方报——撰写了评论。[251]

★

马格努斯·尼尔森曾在巴黎的三星餐厅"拉斯汤斯"当了

三年厨师。餐厅在第十六区的贝多芬路4号,与塞纳河相距仅几米,在地铁帕西站与特罗卡德罗站之间。他住的房间很小,但那是一个巴黎厨师,哪怕是顶级餐厅的厨师,所能负担的最好情况。这也是他离开"拉斯汤斯"的一个原因。

手里拿着锯子,如今的他置身于"梵维肯":斯德哥尔摩往北600公里,特隆赫姆往东187公里。他和家人在这儿有的是地方。他们养羊。他亲自动手宰羊。唯一感到困难与伤感的一次是宰杀瓦尔德玛,它是那么独具魅力,长得那么漂亮。于是,在拿钉枪抵着它的脑袋,然后用双面刀割破它的喉咙之前,马格努斯·尼尔森又挠了挠它的耳后。每天早晨,当他送完孩子,驱车前往餐厅时,他必须注意乱穿马路的麋鹿。他的客人先坐飞机到厄斯特松德,再坐出租车走完剩下的大约八十公里路程。他们会在餐厅过夜。

今天,餐厅所有的位置都坐满了。十四个人在此相聚。其中有些人坐在餐厅里感觉宛如置身荒郊野岭。他们来自世界各地。如今,二十一世纪的第二个十年,"梵维肯"已经是这个星球上最好的餐厅之一。曾经影响深远的食评指南《米其林》和《戈特与米洛》再不能勾起全球那些活跃美食家的兴趣。"全球50家最佳餐厅"榜单决定着一家餐厅的吸引力。2013年,"梵维肯"在榜单上排名第34位。2014年,升至第19位。[252]

此外,如今还出现了"新北欧料理"宣言,由"诺玛"餐厅(2012年"全球50家最佳餐厅"榜首)的主厨雷内·雷瑞皮与其来自芬兰、格陵兰、挪威、法罗群岛的同行们共同署名。宣言罗列了十点意见,呼吁一种生态料理,有意识地反映四季变化以及署名人认为北欧所代表的"整洁、新鲜、淳朴与民俗"。[253]尼尔森的名字未出现在宣言上,但他似乎想把宣言描绘的理念进一步推向极致。[254]他开设了一家地方性餐馆,尽管他居住的这片地区一年中有半年找不到新鲜食材。他处理食物采用发酵、风干的方式。他上菜时摆盘随意、满含泥土气息。食物应如原始般粗犷,或者用尼尔森祖父的话说,"真正的饭菜"①。[255]

马格努斯·尼尔森版本的宣言于2012年由伦敦一家出版社出版。通过图片、文字以及菜谱,《梵维肯》一书述说了"梵维肯"餐厅的故事。书里透露:马格努斯·尼尔森其实不想锯东西了。那道必须抡锯子锯的菜让他觉得无聊。但他不能仅仅因为无聊就把事情改了。新北欧料理重视的正是严肃认真、真实可靠、维护传统。因此,不能过了几年就简单地取消锯子。于是乎,他步入餐厅的时候,手里就拿着锯子。当他站在古旧的圆木桌前,客人们的脑袋纷纷转过来。他感觉到了他们的目光。他必须锯。[256]

★

萨鲁·贾亚拉曼,美国工会的骨干与律师,是印度移民的女儿。她伴随着排外主义与种族主义长大。年轻人朝她和家人大喊大叫,他们应该"滚回伊拉克"。而在印度,亲戚们觉得

---

① 原文为瑞典语:rektún mat。

她是父母"最黑的孩子",告诫她绝不要在太阳底下停留。

但是,对于自己在美国餐馆所看到的状况,她毫无准备。她感觉自己像在电影里,被带入一个完全不同的世界。在大城市精致的餐馆里,收入相对较好的招待员与酒保都是白人,而收入微薄的餐桌清洁工和厨房帮工却不是。那些在餐馆背后忙活的见不到人的员工几乎总是比前台的员工有着更深的肤色。种族主义通过含糊的概念戴上了面具。如今的服务人员重视的是"外表",餐厅老板如是说,重视的是"餐桌闲谈"的能力,而只有白人员工被认为具备这所谓的"外表"以及交流能力。由此产生的物质上的不平等是无法估量的。纽约一家顶级餐厅里,白人招待员——往往有着欧洲血统——在 2005 年挣到了大约十五万美元,而那些餐桌清洁工——替招待员收拾餐具的帮手,只挣到这个数额的五分之一。他们中大部分人是拉丁裔。

贾亚拉曼觉得,这是美国新美食文化的盲点。她所领导的"餐饮业机会中心"认定这是一个根据种族符号运作的行业。官方层面上,种族歧视几十年来在美国已不复存在,但恰恰在据称文化多元的餐饮世界中,它却好好地活着。而对生态与地方特色的过分关注似乎没有促进,反而阻碍了人们对工作环境与不公现象的在意。每当萨鲁·贾亚拉曼与朋友结伴吃饭,他们询问的是芝麻菜是否"有机",草莓是否当地出产,汉堡包里的肉是否来自草地上养大的牛。相反,萨鲁·贾亚拉曼打听的是招待员的种族以及餐馆内的晋升与培训情况,而且,她去洗手间的路上总会往厨房里看上一眼。[257]

★

热乎乎的牛大腿骨摆在他面前，香气从肉里、从脂肪里升腾而起。马格努斯·尼尔森抡起锯子。只几秒钟，骨头便切成两半。他拿起其中一半，取来一柄长匙，把骨髓掏到一只提前预热的碗里。他检查了下骨髓，确保没有混入骨头渣、血管或者软骨。他把骨髓淋在一小块一小块的牛心上，再拌入萝卜丝。每名客人得到一小份。他的同事约翰向客人们做菜品说明，而马格努斯·尼尔森又消失在厨房里。

他要操心下一道菜。他把枯干的蔷薇果放在少量黄油里炖，再将覆盆子果醋浇在上面，而后再把蔷薇果切成小丁。他蒸了十四片甘蓝菜叶。他在盘子里把用酸奶烹过的洋葱叠成小小的一堆，拿过甘蓝菜叶，在每堆洋葱上盖一片菜叶，再在菜叶上摆好炖过的蔷薇果丁，撒上少许盐。挨着洋葱-甘蓝-蔷薇果小堆，每次他都摆一小块猪肉。如此，十四盘菜就可以上桌了。甜点紧随其后。之后就是打扫。他会看看笔记本，里面记着他的各种观察。同事们会交谈今天哪项工作进展顺利，哪项必须改进。然后他穿过夜色，驾车回家。今天，他不用再为客人抡锯子了。[258]

4. 阐释餐馆

1973年，正当亨利·戈特与克里斯汀·米洛提出新料理十诫之时，丹尼尔·贝尔在美国出版了关于未来研究的专著《后工业社会的来临》。贝尔的预言涵盖广泛。他提出当二十世纪向二十一世纪过渡之时，工业社会——这种将机器与人协调一致来开展商品生产的形式将会消失，代替它的是一个后工业化的世界。在这个世界里，占据中心地位的不是生产，而是理论知识。决定这个世界的将是把理念的实现视作头等要事的技术智识阶层。[259]

丹尼尔·贝尔设想大学将是后工业化时代的中心机构。[260] 无论是餐馆还是新料理，在他的研究中都毫无作用，但饮食历史却以创造性的方式使自己与贝尔设想的知识社会或信息社会联系起来。[261] 餐馆诞生于十八世纪末革命中的巴黎，在现代西方都市成为日常必去之地，但迟至二十世纪末期，才在那些有着富裕中产阶级的社会，满世界大范围地流行开来。在餐馆就餐具有娱乐、刺激胃欲、扩展知识的功用。就餐，是为了获取信息：关于其他文化、关于新潮流、关于新的创新形式的信息。

在丹尼尔·贝尔设计的未来中，智力工作排挤了体力活动。[262] 当我们在新文化菁英的餐盘中看到新料理及其传承者的小分量食物时，我们正置身于贝尔的世界。对于高端餐饮的食客而言，快速地吸收卡路里并非重点。既然手工劳作已从许多人的日常生活中消失，尤其在那些受过良好教育的阶层中不见踪影，那么身体便更多地具有审美的功能。高级餐厅里那些不觉饥饿、一心只对精致感兴趣的食客向自己与他人呈现出来的正是这一点。[263] 这样的社会"充满着象征符号"。这样的社会由制造与消费这些象征符号的个体所决定。[264] 二十一世纪早期，费兰·阿德里亚或赫斯顿·布卢门撒尔的"技术情感料理"正是通过其丰富的暗示、复杂多样性以及科学性发挥影响，仿佛它正是丹尼尔·贝尔为了展示自己的论点而构想出来的。餐馆是知识社会的实验室。

★

阐释餐饮与社会之间的联系可以依据上述方式展开，但这个视角过于狭隘。因为比起零星天才厨师的实验，我们这个时代的大型快餐连锁公司有着更显赫的存在感——它们的分店遍布全球。比起贝尔设想的未来，乔治·里茨尔的阐释似乎更接近日常生活。在他关于当下世界"麦当劳化"的研究中，里茨尔让我们看到一个深受服务业影响的社会，在其中，劳动与消费同样被标准化。[265] 随着服务行业的扩张与严格化，人类的感情受到商业化的控制。[266] 快餐连锁公司产出的不仅仅是高效率与整齐划一。正因为无处不在，它们也在事实上改变着世界。

里茨尔的观点可以通过许多现象加以印证，这些现象不只存在于麦当劳的世界中。二十世纪九十年代左右，总体而言，英国在印度餐馆就业的人要比造船业与钢铁业都多。[267] 一方面，餐饮业发展成了一个核心性的经济分支；另一方面，人们越来越多地期待餐馆以外的世界也充满服务员般的行为。不管哪个行业，如今都采用小费式的、与业绩挂钩的额外工资来奖励员工，或者将其取消以示惩罚。

由此观之，十九世纪末二十世纪初的招待员似是来自未来的使者。他们挣钱，不只是靠可以计量的身体劳作，还有情感上的付出，这让当时的观察家（比如萨特、比如奥威尔）觉得陌生。他们要微笑，会寒暄，给客人带来愉快的感觉。他们是自我的表演者，也常常是行业身份的表演者。为此，他们收获小费。在工业社会的情境中，这种乍看毫无理性可言的获取报酬方式显得奇怪。然而今天，进入新世纪，在以服务为导向的社会里，这种工作与酬劳形式随处可见。[268] 今天的我们都是招待员。

此外，快餐业的服务工作还意味着麻烦不断、没有工会组织、收入低微的岗位日益增长。"工作的穷人"阶层已然不只美国独有，对这类人而言，餐饮业往往是其唯一的去处。麦当劳式的工作贬低了工作本身的价值。[269] 尽管过去几十年，美国已经成功为快餐从业人员也组建了工会，但当我们惊讶地看到麦当劳员工的罢工现象时，足以意识到服务业在当今社会所扮演的麻烦角色。[270] 麦当劳式的工作让每个人看到，后工业化资本主义时代的劳工状况变得越来越不稳定，劳工越来越不受保护。[271] 站在餐台背后的服务业无产阶级使贝尔期盼的高教育程度技术专家共同体的愿景成了极端乐观的幻象。[272]

★

在贝尔的知识社会梦想与里茨尔的麦当劳化世界噩梦之间，真实存在的餐馆拒绝所有过分缥缈的未来愿景。餐馆带来了各种新的创意与创新，它们当然也是服务工作的重要发生之所，但它们同时也是手工活计与类工业化劳动得以继续施展的工场，而在后工业社会的中心城市里，这种劳动正从其他地方消失。当今的大都市不应当再存在肉体的辛劳？不应当再存在手工活计？纽约超过两万家的餐馆、巴黎三万家的餐馆、东京十六万的餐馆却恰恰提示着员工艰苦的身体劳作：日复一日，直至深夜。[273] 厨师与厨房帮工的辛苦劳动靠的是手，是食物，是简易工具，别无他途。围着餐桌，所谓的去肉体化新时代的主角们在悠闲座谈。厨房里的人却在汗流浃背，因为他们要扛重物、切食品、洗刷锅碗瓢盆。这样的工作给他们的身体带来了疼痛、水泡、伤疤。[274]

对信息社会至关重要的交流在这里也大为迥异。除了在烹饪节目中，专业厨师从不认为自己是交流大师。社会学家加里·艾伦·法恩指出：他们几乎不能或者不愿用语言来论证为什么一道菜做得好或者不好。[275]他们在厨房里的举止并非蒙昧未开化，但极少使用口头表达。他们获取知识的途径并不是靠知识社会的理论循环，而是靠连续不断的实践。把刀使唤到专业水准要求具有精准的协调性。[276]对招待员而言，除了沟通能力方面的要求，他们的身体同样受到严格的规范。他们展示运动员般的身体状况，并配之以近乎舞蹈家的灵巧。[277]餐馆其实是身体统御的领地。正因如此，当今的餐馆又以一种令人啼笑的方式与知识社会联系起来。例如哲学家马修·克劳福德曾在一家简陋餐馆里看一个厨师忙里忙外，在后者处理食材、刀子、温度与炒锅的过程中发现了当时的认知科学大谈特谈的一个观念：人不仅仅通过头脑思考，也凭借运用工具与材料的身体思考。[278]

一本关于餐饮业内部装修的专业书对此做了更为简洁的表述。书里说，一家餐馆近似于一台电脑：客人看到的是显示屏，真正负责计算的硬件隐而不现。[279]这个比喻虽有迷惑性，却也大致不差。是人的工作，而非计算单元的工作保证着餐馆的存续。而餐馆的命运引发的不只是对身体的哲学反思，还有社会改革的想法。充满象征符号的就餐区供人优雅进餐，而厨房门后，支付的工资往往只够温饱，肉体施暴屡见不鲜，非法移民要忍受老板的任意情绪，不受任何保护。[280]一代又一代的观察家对此予以了揭示。乔治·奥威尔、君特·瓦尔拉夫、萨鲁·贾亚拉曼在他们各自特殊的时代里，证明必须对餐饮业开展研究调查，改善工作条件。餐馆提醒后工业社会的活跃分子，所谓与当世不相映衬的重体力活不仅仅继续存在于厨房中，也未曾从那些依赖柬埔寨纺织工厂或刚果煤矿之产能的经济行业中消失。但不同于时装与电力，餐馆能让每名消费者在同一时间感受到享受与辛苦劳作的相互依存。一群活生生的人，仅仅几米之遥，正是消费资本主义所带来的社会不公的例证。[281]

★

不过，不能说餐馆工作是不可见的。相反：厨师从不曾像今时今日这般公开可见。厨房不再是封闭的手工工场，人藏在里面辛苦干活、汗流浃背。电视节目、杂志、纪实文学以及纪录片使各种细节一览无遗。各种各样的创意餐馆早已引入"开放式厨房"，使得客人能看到厨师工作。

然而，美国主流餐馆的开放式厨房一般需要"预备厨房"的支持：一个完全暗藏的、不可接近的地下室，面积跟整个餐馆本身一样大。[282] 这个例子所表明的远不止是：对餐饮职业的好奇目光更多源自我们这个时代的饮食时尚，而非对工作环境或社会公正的真正关注。[283] 对今日的中产阶级而言，"吃对"的意义重大。无论是在餐馆，还是在家或者在屏幕上，它满足了各种需求。亚当·高普尼克说，它可以被视作新宗教，或者体育项目，或者地位证明、性爱替代品，或者道德仪式。[284]

这听起来易于理解。在一个亲自下厨做饭的人愈来愈稀少的年代，人们对观看食物烹饪过程的兴趣也就愈发浓厚。[285] 此外，好奇地想要观看以前处于封闭状态的餐厅厨房，还应归因于一种广泛流布的对可靠与深度的渴求。数字时代的消费者渴望原初性，这一点令人联想到厨房里的手工劳动，联想到充满爱意或充满力量地为客人烹制饭菜。一家餐馆越可靠，其价值便越高。这一点尤其通行于后现代的大都市，那儿将可靠视作房产经纪人与餐饮从业人最重要的销售品质之一。[286]

对厨房工作的兴趣由那些同时作为消费者与公共知识分子的作家延续传承。二十世纪后期，这些专业化的、崇尚享乐的美食评论家被美食出版商取代了位置，后者的能力显然远不止于点评那些五道菜菜谱。这些肠胃思考者将透明度树立为跟食品打交道的中心价值。他们提示消费者应当、或曰必须掌握更多关于食物的知识。观察饭菜的烹制过程被他们宣称为道德义务与政治义务。[287] 慢食主义者卡罗·佩特里尼呼吁同时代的人考察食物的来源地，研究"每道菜的历史"，了解那些参与烹制饭菜的"手"。"知识"与"享受"对佩特里尼而言是不可分割的结合。[288] 通过建筑上的举措或者图像媒体，可见的厨房如今又化身为控制窗口。求知若渴的消费者经由当下的美食知识分子唤醒后，趴在窗口上张望。

这种变化可以视作一种新的饮食批评文化的兴起。[289] 长久以来，法国美食专家把持着对高端饮食的话语权。相比有组织的高级料理系统，个人表达意见的机会较少。伴随着这种影响的后遗症以及新饮食文化的繁荣，而今的餐馆成了风格各异，甚至可能主动寻求创新的厨艺的舞台。在加利福尼亚、哥本哈根、悉尼或者柏林，美食的质量不再以其是否忠实于巴黎的范本来衡量，而更注重自身的丰富性、创意性、独特性。[290] 面对餐饮实践与全球化资本主义的交汇，餐饮业承担着一项政治任务：大体说来，就是反对单一文化或者反对食品企业对资源与人力的剥削。[291]

艾丽丝·沃特斯的餐馆，深受"经久有味"思想的影响，大概会乐意被描述为对"唯技术论的专断"的一种批判。[292] 具有生态意识的厨师对食品的工业化发起质疑。他们研发各种地方菜，在当地建立联络网，与农场展开合作。人类学家艾米·特鲁贝克称赞这种模式的餐馆为"草根后现代主义"。[293] 这些受到赞誉的餐馆经营者几乎不被特鲁贝克的支持者视作企业主，而首先被视作商业与道德之间的启蒙中介者。[294]

★

英语世界用听起来悦耳的"吃货"（foodie）一词代替了显得万分严谨的"美食家"（gourmet）。据称，吃货对食物的爱不掺杂高端料理的严格标准。[295] 他们间或在餐馆，间或在停车场边上的小吃摊①寻求美味的满足。他们笃信进阶方式，而非精英方式，完全不同于以往的美食家。如慢食主义一样，吃货也是一场浩大运动的组成部分，这场运动要求无论在家还是在餐馆都践行更为熟悉的食品消费方式。

---

① 原文为英语：food trucks。

但这并不意味着餐饮业的创新压力有所减轻。放弃了精致与优雅,吃货改而追求原始天然与经久有味。新颖的点子任君展现,但必须自始至终一以贯之。当长头发的厨师尼尔森在瑞典因为锯骨头出名后,他就必须把锯骨头这件事一直坚持下去。不同于过去的美食家,二十一世纪的吃货拥有一系列媒体手段——博客、社交网站、食评门户——来为餐馆经营者描绘公开画像,评论或批评他们的努力。[296]餐馆是产生于现代晚期的现象,正如安德烈亚斯·雷克维茨所观察到的,"关于创新的理想"在当时化身为"当下文化的核心要素",并"转变为具有约束力量的社会秩序"。[297]餐饮业也臣服于这种创新命令之下。餐馆里,商业压力和文化时尚联手作用,使积极创新的人备感压力——有时候受人欢迎,有时候遭人漫骂。这一切的发生,恰恰是因为吃货期望从他们的盘中收获私人印象、经久有味以及可靠的创新。

★

饮食世界会永无止境地被人言说,逐渐科研化、理论化,这一点不应受到辛苦劳动、汗流浃背的厨师与招待员的忽视,哪怕厨房中劳作的一众人等均处于匿名状态:恰恰是这样行业中的人似乎必然要成为媒体名人,乃至成为具有公众影响的知识分子。在烹饪节目里现身、写作食谱与自传、围绕食物展开沉思:这些如今都计入了行业形象。[298]"二战"后的法国,雅克·丕平所属的行业大约还是一个意图消除每名厨师的所有个人特色、所有易识别性的手工行业,而在二十世纪末的美国,丕平已然是电视主厨、作家、经营顾问以及大学讲师。[299]从"融合料理浪潮"到北欧料理,各种创意饮食美学派别层出不穷,并且与所谓的"明星厨师"互为表里。[300] 这种变化从越来越简单的厨房亦可得到佐证——此点不仅仅适用于伯克利的传奇餐厅"潘尼斯之家"及其受过文化学训练的厨师们。[301] 一本流行的烹饪书把"偶像型厨师""卓见型厨师""创新型厨师"视为厨师身份的三个最高等级。[302]

连锁餐饮一开始很难让人联想到直观感性的创意。大型餐饮企业在整个星球上到处开快餐店,注重有差异的规划、便利的食品以及可控的创新。表面上显而易见的是根据需求开展精确生产,以及工业方面的充足产能,其中,科学研究扮演着核心角色。作为实施泰勒式管理原则的典范,麦当劳的成功大约可算作一例,不过麦当劳新近的一系列失败也是一例,其原因可追寻至对顾客口味的不准确研究——如今的顾客更倾向于新鲜与健康,而非快捷与舒适。[303] 历史学家哈维·莱文斯坦指出,早在全球化汉堡连锁店兴起之前,美国的餐饮业便孜孜不倦地致力于将所有个性化技巧从厨房工作中剔除出去,代之以系统化的集体生产。[304] 因此,快餐的制作与供应成为了文化批评的关键话题之一。[305] 以个人创意为根基的个体餐馆宛如与连锁餐厅及其整个系统对立的乌托邦。

然而,作为连锁企业的反面,具有卓见的顶级厨师们同样以团队形式开展工作,并对团队进行系统化的引导与组织。对他们的日常而言,全力掌控好后勤供应同反思工作步骤的设计一样重要。美国一项浩大的研究表明，一家餐馆的成功首先并非取决于饭菜的质量或受欢迎的程度。"清晰明确的设想"与"经营哲学"更多决定着餐馆的失败或成功。[306] 根据餐饮专家阿洛伊斯·维尔拉赫的看法，我们这个时代最受推崇的厨师"可以与大型科研与医疗机构的负责人相媲美"。[307] 包括所谓的泰勒式连锁餐饮的"对立面"，其餐馆也显示出科研化的显著迹象——缓慢起步于十九世纪与二十世纪早期，随着二十世纪快速强化，在我们当下呈爆发之状。如今，任何人似乎理所当然地认为，美食评论家撰写的是"饮食智力"宣言。[308]

★

谁若试图阐释餐馆，眼里就不应该只看到食物，只看到餐馆内的工作，还应看到空间，看到餐馆本身。正如电影院、商场、沙滩一样，餐馆亦是一处任人通达的开放地方。我们可以将之解读为卡尔·波普尔曾经期许的"开放社会"中的一种典型领域。餐馆里，熟人与陌生人之间可以产生"新型人际关系"——不是因"出生的偶然"而得以确定的关系。[309] 餐馆里，聚首的不是（身为流亡者的波普尔所担忧的）"部落社会"。在外就餐的人所置身的是一种公共空间，其中上演着主客之道的礼仪。客人的就餐既是个人行为，也是社会行为。他将自己的身体向陌生人烹调的东西开放。[310] 谁进餐馆吃饭，就是作为开放社会的成员"踏入不熟悉、不确定、不安全"的领域。[311]

对于中世纪与现代早期的旅行者而言，住店是一件难以回避的必然之事。[312] 在二十世纪与二十一世纪，进餐馆却是自由的选择。一起吃、一起喝、信任他人：这些将餐馆变作了一个允许开放社会时而聚众欢庆、时而以极其普通的方式释放自己的地方。日益扩大的现代中产阶级拥有各种可能的餐饮选择：针对行色匆匆的，针对渴望浪漫的，针对爱好"民族菜"的，针对吃惯家乡菜的，针对追求精致美食的，以及针对钟爱粗糙食物的。然而，每家餐馆必得先在市场中存活下来。[313] 餐馆大约可以将自己的特殊之处概括如下：它的魅力在于保持通达与开放，成为社会结构的一部分。

当二十一世纪初的亿万富翁不再进餐馆，而是聘用顶级厨师为其"掌勺"饮食事宜，其中可谓大有值得解说之处。[314] 与此相反，光是到最高档的餐厅走上一遭，似乎便已然是对公共空间与社会性的认同。像玛里琳·哈格蒂这样一个因为互联网的不可捉摸而从北达科他州来到曼哈顿的食评家，也能够检验豪华餐厅"伯纳丁"的饭菜质量，并向她的读者报告。就此而言，高档餐厅也是开放的。而正是与这种开放性对立的那一面，使得种族歧视在餐馆文化的历史中尤其引人注目。当格尔塔·普费弗和大卫·格吕斯拜希特在纳粹德国的餐馆里遭受辱骂的时候，部落社会与开放社会之间那种街舞比赛式的对阵显得尤其令人恐惧与清晰可见。

★

一个向移民与少数族群开放的共同体可以通过风格各异的

多样化菜式彰显其特征。具有"民族"标记的餐饮空间在日常历史中占有中心意义。餐馆里，人与人会相遇：少数族群遇见多数族群，少数族群遇见少数族群。口味、装潢、语言与言谈以及不同的文化风格把餐馆转变成一个国际政治区域。[315]正如马伦·默林所言，国际性的餐饮业甚至帮助往往对移民持反对态度的联邦德国变成了一个更加开放的社会。[316]

尽管如此（默林亦有提及），大快朵颐地享受异域特色食物，并不意味着必然实现了跨文化理解。斯丹利·费希一语中的。他提出"时尚文化多元主义"，道明了一种态度：人们尽管怀着巨大的喜悦在"他者"的餐馆里寻求享乐，但并不准备真的从这些他者出发来质疑自身的文化与道德价值。感官方面的有趣琐事或许能够活跃自己的生活，扩大消费选择，但当事情变得严肃时，"时尚文化多元主义者"也可以完全变作一个喜爱多种饮食风格的排外者。[317]最后，从城市规划的角度而言，虽说餐馆的菜单呈现出来的族群差异可能有天壤之别，但它们在城市街区的中产阶级化过程中却扮演着一致的关键角色，比起促进街区的多样化，反而更多促进了同质化。[318]

餐馆能否带来开放的异质社会，乐观主义者与悲观主义者对此的看法迥然各异。所谓的"民族菜"造成的刻板印象与误会，就跟其带来的令人愉悦的互动交流一样多。因此，印度菜在英国的成功能否真的作为接受移民的标志来解读，大概是值得怀疑的。尽管二十一世纪初，"咖喱鸡"被宣布为新的英国国菜，但同时，大肆流行的外卖亦暗示着，许多客人只乐意在民族特色餐馆——所谓的异域风情之地——作极其短暂的停留。[319] 在美国，餐馆成了种族主义的领域，除了公开的隔离设置，问题重重的潜规则歧视一点不少。[320] 在德国的近期历史上，土耳其烤肉铺以及类似的土耳其快餐成了致命的排外主义的象征。[321] 以东西文化交流为语境，顾纪松提出了"可疑的餐饮"这一概念，描述西方的公众是如何将中餐、味精或"不可信"的寿司加入关于可疑的少数族群的东方学讨论之中。[322] 此外，相信流亡者在餐饮经营中可以充分发扬其文化，亦不免幼稚。梅琳达·纳吉·阿波尼的小说《鸽子起飞》以尤显生动的方式对此做出了叙述。自我约束与伪装是做生意的基本要素。

虽如此，舌尖上的跨文化交流并未停止。随着新饮食的进入，使社会变得开放的文化差异在感官的层面上循环流转。二十世纪早期的伦敦，大英帝国因自身的世界性进而关注食物供应的多样化。到了二十一世纪，对"异域风情"的渴求成为生活的一部分，使得这种渴求早已化作千篇一律的广告范式。这种转化不只发生在有着鲜明"民族"特色的餐馆，划时代的"斗牛犬"餐厅大约也只能看作杂交现象来理解：由德国-捷克的地中海情怀、法国的新料理、重现的加泰罗尼亚日常文化以及席卷全球的对美食家与厨师的好奇心混合而成。诸如"正宗"与"原生"之类引人困惑的观念被赋予的价值越少，对此类跨文化联系的探究就显得越有成效。文化研究者总是一再强调市场营销喜欢运用的方案——"可靠"的民族菜——的不堪信任。杰弗瑞·皮尔彻认为，塔可在墨西哥与美国的历史大约可以比作塔可这种食物本身，是个"一团糟的东西"。今天谁若研究身处各种国家与文化之杂交地带的厨师，就不应当对

"正宗"紧追不舍,而应紧盯混乱无序的实际活动。[323]

★

印度裔美国社会学家克里舍仁都·雷呼吁文化研究者不要止步于探究民族特色餐馆的消费。他本人关注生产与消费。他细致入微地刻画了纽约的巴基斯坦烤肉餐厅经营者。这些辛苦工作的男男女女没有被雷归类为问题人物或边缘人物,他认为他们是创造者:食物的创造者,他们所属餐馆的创造者,在南亚文化与美国文化之间开展沟通的创造者。移民产生知识。正是在简陋的巴基斯坦餐馆,在克里舍仁都·雷作研究的地方,这种知识借助空间、活动、口味以及气味供人探索。[324] 同样在德国,亚力山德罗斯·斯特凡尼迪斯,一位在父母的希腊餐厅长大的记者,讲述了他在梦中反复看到"一盘盘烤肉、肉末茄盒或梭鱼排"被端上桌。斯特凡尼迪斯说,他把自家位于卡尔斯鲁厄的餐馆理解为某种客厅,这个客厅"绝不是一个封闭的社会",而更像"一个开放社会的梦",他们一家"以外籍劳工的身份而来,变作了款待客人的东道主"。[325]

★

本书在研究中所使用的餐馆概念也许非常宽泛,可能过于宽泛。美国伍尔沃斯商店的午餐餐台真的能算餐馆吗?二十世纪末、二十一世纪初德国的土耳其烤肉铺或者全球快餐公司的分店也算餐馆吗？一般而言，美食家更乐意管它们叫小吃。瑞贝卡·斯潘将餐馆定义为实现个性化与私人化服务的机构。[326]阿尔弗雷德·克林在其经典之作《招待员手册》中认为餐馆是"在装修良好的空间中提供品种丰富的菜肴与精心调制的饮品"的地方。[327]这些定义看起来满富含义，而且比本书所使用的定义更具指向性。

然而在复杂的现实情况中，"餐馆"这个概念并不守规矩。遍地的汉堡包店并不尽然符合克林列举的那些餐馆特征，但麦当劳公司仍不知疲倦地给其分店冠以"餐馆"的称号。无数小吃店，品种稀疏，无论是否隶属于连锁公司，进门处的招牌上也同样闪着"餐馆"一词。日常说话时，我们只管说进餐馆吃，也不管是花好几百欧元吃了一顿米其林一星的菜，还是花十欧元吃了比萨与可乐。就像"艺术"这个词一样，"餐馆"属于褒义用语，虽说值得怀疑，但它作为词语本身已然对日常生活产生影响。温斯顿·丘吉尔当初将简陋的英国战时供应中心命名为"不列颠餐馆"的时候，就意识到了这一点。德国境内可以举科隆的"大堂餐馆"为例，那是1994年专门为无家可归者建立的"餐馆"，不仅提供食物，还向客人提供在其他时间的生活中所缺失的各种社交活动。[328]餐馆是什么，不是什么，就算美食家也无法给出最终的定义。实践塑造概念。

在此提及霍华德·贝克尔关于艺术社会学的研究，应该大有裨益。该研究有意识地抓住了一个系统的边缘现象，通过处理这些现象，以期对处于中心地位的运作机制与决策过程有更多的发现。[329]我们亦可给予餐馆一个广泛的定义：一处公共场所，依据预先确定的价格，可以在其中吃饭，无论时间早晚，无论想吃什么，想吃多少。[330] 这样的方式正反映出餐饮业的活力，反映出餐饮业是极端灵活的经济分支，必须一而再地适应新的需求、新的文化趋势、新的口味或娱乐方式。[331] 最简易的小吃铺与顶尖的餐厅共处一片竞技场，因为最精致的厨艺也始终不能抹除日常烹饪与简单操作的痕迹。[332] 当前的餐饮文化取决于自以为超级宽容的吃货，小吃铺与餐馆之间的分界线几乎难以辨识。亦因如此，本书使用"餐馆"一词时用得近乎挑衅般宽泛。

★

餐馆评论家尤尔根·多拉泽把有些以饮食为主题的文化研究者称为"免费搭车者"，他们觉得自己"在这个领域无需费大力气便可成功"。[333] 这是清楚明白的醒示，但似乎无人听取。饮食学将自身打造成了一个研究领域，它借鉴马塞尔·莫斯的做法把就餐理解为"整体性社会现象"，把食物的制作与消化视作"多维度、多门类的文化科学"或者视作追溯至伊壁鸠鲁与卢梭的肠胃学。[334] 对于一场内容如此丰富多彩的讨论，其实没必要再说更多的话。

或者说，难道还有新的东西可待发现？过去几十年，餐馆实际上已然频繁地、过于频繁地被人从顾客的角度或者用一种打量饭菜的简略目光解说。琼安·芬克斯坦的研究着手从细节处分辨餐桌边的编码行为。[335] 用作模型的是皮埃尔·布迪厄关于差异的分析："数量与质量"的对立，"满满一盘与小小一碟"的对立，以及"主体"与"品位"在趣味与阶级认同上的对立。[336] 餐馆使区别机制变得可见。这一点在研究中被一再提及。[337]

然而，时间已经到了不仅仅关注细微区别，更应重视餐饮世界之巨大差异的时候。[338] 倘若只讨论中层中产阶级与上层中产阶级所享用的菜肴在细枝末节上有何区分，便可能忽视：非法厨工与享誉全球的厨师之间的不平等，豪华餐厅的挑剔客人与被拽着头发拖离餐馆的女性民权运动家之间的不平等，挣扎在温饱线的服务员与为服务付钱、向精致美食发起责难或赞美的美食作家之间的不平等。

面对这些对立，比起探究人们步入餐馆的不同背景原因、需求与策略——是作为厨师、招待员，还是作为评论家或客人，探究餐饮世界在符号表征上的细微差别这一任务并不迫切。人类学家大卫·贝利茨和大卫·萨顿认为餐馆是"理想的后现代机构"。对他俩而言，文化研究者所感兴趣的一切都在此聚集：制作、消费、交换、感观层面、象征层面、本土以及全球。[339] 法国社会学家让-皮埃尔·哈松着重指出，能在一个且是同一个地点同时对私人享受、社会倾向以及企业抱负展开探究，这样的可能之所甚是罕见。[340] 餐馆作为边界分明的狭小空间，人与人、观念与观念在其中相互碰撞，这种碰撞理应获得充分感知。

★

对于餐饮业灵活的劳动市场，我们可以从政治与经济的角度加以批判审视，本书却要对它予以感谢。餐馆为知识分子提供了一处时代之家——尽管这些知识分子想要丢弃他们的客人身份，潜入厨房门后的未知世界或者彼岸的服务员世界。谁若有意从事餐饮服务，一般总能找到工作。在厨房当帮工，甚至当厨师，也比较容易，主要取决于每家餐馆的档次与追求。于是，无数来自不同社会阶级的人都拥有在餐馆工作的经历。他们中的许多人转行离开，进入其他社会分支。记忆却将永存。

这种形式的开放使餐馆成为反思文化与社会的重要对象。在其约莫二百五十年的历史中，餐馆所激发的远不止美食评论与烹饪书，还有各种传记、自传、报道、传单、笔记、宣言、小说以及科学研究。转眼之间，便可变身另一个人，成为另一个陌生社会阶级的一部分，成为所热爱的那个餐饮共同体的一部分，这一点给诸如弗朗西丝·多诺万、乔治·奥威尔、君特·瓦尔拉夫、比尔·比福德、芭芭拉·艾伦瑞克等观察家带来了许多便利。[341] 餐馆对新来的人从来保持开放，因而成了一个总是能产出丰富思考的实验室：关于消费、空间布置、劳动、不平等的思考。

★

本书前三章讲述的正是在这个实验室里形成的记忆、观念与故事，涉及的作家相互之间并无太多共同之处。有些人是有所建树的专家学者，有些人全凭一己之力做研究。有些人几乎一辈子投身餐饮，其他人更像是到此一游。他们各自的视角合成了一幅更大的图景，相互矛盾恰如餐馆这种现代场所本身。

对书中的章节不加阐释，而是单纯地讲述它们、拼接它们，并非毫无问题。被用作原始资料的那些报道涉及的是一例例个案，只具有一定程度的代表性。[342] 它们与现实的关系很难确定。"参与式观察"这种方法或许能使研究工作变得充满张力，进而使文章变得有趣，但这个说法终究是一种矛盾措辞。置身参与、观察与写作之间的张力区域，客观性总会在某处消失。[343] 此外，对于本书中出现的一些作家而言，有个问题始终悬而未解，即潜入另一个阶级这件事所散发的吸引力是否会阻碍对社会差异的严肃思考。[344] 尽管如此，本书前三章几乎没有将书中再现的场景分成文学研究、意识形态批评或历史研究等类别，相反，作者完全相信故事本身的力量与蒙太奇的效果。[345]

这种方式——挑选并令其为自己代言——有美学与实用两方面的原因。美国作家大卫·希尔兹对游离于事实与虚构分界线上的讲述大加赞赏。"这有可能发生过"，这句令人费解的表述并不一定要被看作某种缺陷，反而能作为给人灵感的观念加以利用。[346] 希尔兹的想法对本书意义重大，因为餐馆可谓一种同属于公共区域和隐蔽区域的地方。除了三餐与真相，它还一直创造传奇。饮食神话与虚构以难分难解的方式跟具有现实指向的时代诊断以及社会诊断——由厨师与招待员、评论家与研究者在餐馆里推演出来的诊断——相互交织，而比起蒙太奇技巧，再没有更好的方式能使人感知这种发生在餐馆里的一次性紧密相依：一方面是饮食上的、叙述方式上的创意，另一方面是艰辛的工作与艰难的事实。

本书前三章意在记录并保存每篇文章所描绘的那些生活，而非细致入微地分析这些文章的缘起、结构或真实可信度，因此保留了编排上的乱序，且不加评述。几乎所有引用的文献均凸显出饮食存在的特别活力与比重。作为现代生活的一个焦点，进餐馆可谓热门无比。身体以尤其深入的方式感受着劳作，感受着享乐。鼓舞、恶心、欢乐、忙碌、归属感以及排斥感在这儿比在任何地方都显得强烈。为了生动地体现这种强烈，本书难免要在方法的精细方面作些牺牲。原料必须近乎无加工地被端上桌。[347]

注释

1 Frances Donovan, *The Woman Who Waits* (《当招待员的女性》)[1920], New York: Arno, 1974, S. 17—18; Heather Paul Kurent, *Frances R. Donovan and the Chicago School of Sociology: A Case Study in Marginality* (《弗朗西丝·多诺万与芝加哥社会学派：关于边缘化的个案研究》), 教职论文（未出版）, University of Maryland, 1982, S. 53, 80—81. 此处以及后文有关特定空间与场景的细节描写，以及主角人物的举止、表情与想法并非本书作者的臆想，而是全部援引自尾注中注明的文献资料（自传、新闻报道、随笔、科研论文、烹饪书以及少量的虚构作品）。直接引用的句子已在文中加以标示。

2 Joanna Waley-Cohen, *The Quest for Perfect*

Balance: Taste and Gastronomy in Imperial China (《追求完美的平衡：中华帝国的味道与饮食》)，载 Food: The History of Taste，由 Paul Freedman 主编，London: Thames & Hudson, 2007, S. 112 (S. 99—132).

3 Rebecca Spang, Restaurants (《餐馆》)，载 Encyclopedia of Food and Culture, Bd. III，由 Solomon Katz 主编，New York: Scribner, 2003, S, 180—181 (S. 179—186).

4 一个广泛流传的意见认为，餐馆的出现是因为法国的宫廷厨师转而投身餐饮行业，这一点受到 Rebecca Spang 与 Stephen Mennell 的质疑。参见 Rebecca Spang, The Invention of the Restaurant: Paris and Modern Gastronomic Culture (《发明餐馆：巴黎与现代饮食文化》)，Cambridge: Harvard University Press, 2000, S. 67, 以及 Stephen Mennell, All Manners of Food: Eating and Taste in England and France from the Middle Ages to the Present (《食物的所有礼仪：从中世纪至今的英国与法国饮食》)，Urbana: University of Illinois Press, 1996, S. 137—139.

5 Donovan,《当招待员的女性》, S. 7—8; 11; 107.

6 Jürgen Habermas, Strukturwandel der Öffentlichkeit: Untersuchungen zu einer Kategorie der bürgerlichen Gesellschaft (《公共领域的结构转型：论资产阶级社会的类型》)[1962], Frankfurt am Main: Suhrkamp, 1990, S. 96—97; Ludger Schwarte, 载 Philosophie der Architektur (《建筑哲学》), München: Wilhelm Fink, 2009, S. 230—233.

7　Rebecca Spang,《发明餐馆》, S. 86—87.

8　在卢梭关于餐馆（瓦克森餐馆）的思考中，他亦认为新型的餐馆更加富有亲密性与隐私性，而非公共性。(Rebecca Spang,《发明餐馆》, S. 59—60)

9　关于美国的女性政策可参见：Paul Freedman, *Women and Restaurants in the Nineteenth-Century United States* (《十九世纪美国的女性与餐馆》), 载 *Journal of Social History* 48/1 (2014), S. 1—19.

10　Plummer 指出，"芝加哥学派"一词最早出现于二十世纪三十年代，当它真的被芝加哥的社会学家在不同场合使用后，便在更大范围上获得了某种关联性。参见 Ken Plummer, *Introduction* (《导言》), 载 *The Chicago School: Critical Assessments, Bd. I: A Chicago Canon?* 由 Ken Plummer 主编, London: Routledge, 1997, S. 4—5 (S. 3—40).

11　Plummer,《导言》, S. 8.

12　Plummer,《导言》, S. 30.

13　Gert von Paczensky & Anna Dünnebier, *Kulturgeschichte des Essens und Trinkens* (《吃喝文化史》), München: Orbis, 1999, S. 138.

14　Spang,《餐馆》, S. 182; Paczensky & Dünnebier,《吃喝文化史》, S. 138.

15　Robert Appelbaum, *Dishing It Out: In Search of the Restaurant Experience* (《上菜：寻找餐馆体验》), London: Reaktion, 2011, S. 63. Spang 看到，大部分同时代的读者已无法体

会格里莫在年鉴中描绘的讽刺时刻。文化批评与政治讽刺遭到忽视，同样受到忽视的是老饕这一形象的有意为之。受此影响，同时也受接受范式的影响，美食评论成了一种只关心一事的艺术形式：吃喝成为一个与其他一切相隔绝的世界（Spang,《发明餐馆》, S. 158—159）。

16 Priscilla Parkhurst Ferguson, *Accounting for Taste: The Triumph of French Cuisine* (《理解味道：法国料理的胜利》), Chicago: University of Chicago Press, 2004, S. 11.

17 Ferguson,《理解味道》, S. 10—11.

18 Spang,《发明餐馆》, S. 238—241.

19 Donovan,《当招待员的女性》, S. 20—30.

20 N. N., *Ball's Splendid Mammoth Pictorial Tour of the United States: Comprising Views of the African Slave Trade; of Northern and Southern Cities; of Cotton and Sugar Plantations; of the Mississippi, Ohio and Susquehanna Rivers, Niagara Falls & c: Compiled for the Panorama* (《鲍尔精彩的美国猛犸象画报之旅》), Cincinnati: Achilles Pugh, 1855, S. 41, 参见 *J.P. Ball: Daguerrean and Studio Photographer*, 由 Deborah Willis 主编, New York: Garland, 1993, S. 284（S. 243—299）.

21 Jean-Robert Pitte, *The Rise of the Restaurant* (《餐馆的兴起》), 载 *Food: A Culinary History from Antiquity to the Present*, 由 Albert Sonnenfeld 主编, New York: Columbia University Press, 2000, S. 475.

22 Spang,《餐馆》, S. 182.

23 Julius Behlendorff, *Der Oberkellner und Hotel-Secretair: Anleitung zur fachwissenschaftlichen und praktischen Hotel-Führung* (《高级招待员与酒店写字台：酒店管理理论与实践入门》)[1983], Leipzig: Blüher, 1898, S. 66—67.

24 Alessandro Filippini, *The Table: How to Buy Food, How to Cook It, and How to Serve It* (《餐桌：如何购买食品、烹调与上菜》), New York: Charles L. Webster, 1889.

25 Andrew F. Smith, *Eating History: 30 Turning Points in the Making of American Cuisine* (《吃的历史：美式烹饪的30个转折点》), New York: Columbia University Press, 2011, S. 22.

26 Joëlle Bonnin-Ponnier, *Le restaurant dans le roman naturaliste: Narration et évaluation* (《自然主义小说中的餐馆：叙述与评价》), Paris: Honoré Champion, 2002.

27 Spang,《发明餐馆》, S. 177; Emile Zola, *Der Bauch von Paris* (《巴黎之腹》)[1873], München: Winkler, 1974.

28 Donovan,《当招待员的女性》, S. 115.

29 Donovan,《当招待员的女性》, S. 171.

30 Donovan,《当招待员的女性》, S. 79.

31 Brenda Assael, *Gastro-Cosmopolitanism and the Restaurant in Late Victorian and Edwardian London* (《维多利亚时代晚期与爱德华时代的伦敦之肠胃都市主义与餐馆》), 载 *The Historical Journal* 56/3 (2013), S. 681—706.

32　Patrick Rambourg, *Histoire de la cuisine et de la gastronomie françaises: Du Moyen Âge au XXe siècle*(《法国美食与餐饮历史：从中世纪到二十世纪》), Paris: Perrin, 2010, S. 257.

33　即玛丽·露易丝·丽兹，参见 Elliot Shore, *The Development of the Restaurant*(《餐馆的演进》), 载 *Food: The History of Taste*, S. 326 (S. 301—333).

34　Timothy Shaw, *The World of Escoffier*(《埃斯科菲耶的世界》), New York: Vendome, 1995, S. 71.

35　Spang,《餐馆》, S. 182; Shore,《餐馆的演进》, S. 323.

36　Shore,《餐馆的演进》, S. 327.

37　Shaw,《埃斯科菲耶的世界》, S. 119—121.

38　Rambourg,《法国美食与餐饮历史》, S. 260—261.

39　Mennell,《食物的所有礼仪》, S. 159.

40　Donovan,《当招待员的女性》, S. 106—111.

41　Donovan,《当招待员的女性》, S. 145.

42　Donovan,《当招待员的女性》, S. 228.

43　Donovan,《当招待员的女性》, S. 226.

44　Donovan,《当招待员的女性》, S. 224.

45　Donovan,《当招待员的女性》, S. 224—226.

46　Guido Ara, *Der moderne Kellner*(《现代招待员》), Köln-Ehrenfeld: Hub. Schleypen, 1909.

47　Marcel Proust, *Auf der Suche nach der verlorenen Zeit: Im Schatten junger Mädchenblüte*(《追忆似水年华：在少女们

身旁》)[1918], Frankfurt am Main: Suhrkamp, 1954, S. 1064—1072.

48 Karl-Heinz Glaser, *Aschingers Bierquellen erobern Berlin: Aus dem Weinort Oberderdingen in die aufstrebende Hauptstadt* (《阿什因格啤酒征服首都：从酿酒地上德尔丁根到兴盛中的首都》), Heidelberg: Verlag Regionalkultur, 2004, S. 65—82, 150.

49 Andrew P. Haley, *Turning the Tables: Restaurants and the Rise of the American Middle Class, 1880—1920* (《旋转餐桌：餐馆与美国中产阶级的兴起，1880—1920》), Chapel Hill: University of North Carolina Press, 2011, S. 234.

50 Shore,《餐馆的演进》, S. 320; 关于自助餐厅参见 Angelika Epple, *The Automat: A History of Technological Transfer and the Process of Global Standardization in Modern Fast Food around 1900* (《自动化：1900 年左右现代快餐的技术转化与全球标准化进程史》), 载 *Food and History* 7/2 (2009), S. 97—118.

51 Smith,《吃的历史》, S. 52; 其他关于汉堡包的起源资料参见 Josh Ozersky, *The Hamburger* (《汉堡包》), New Haven: Yele University Press, 2008, S. 15—17.

52 Ingo Huber, *Curnonsky oder Das Geheimnis des Maurice-Edmond Sailland* (《裘诺斯基或莫里斯–埃德蒙·赛兰德的秘密》), München: Collection Rolf Heyne, 2010, S. 204—206.

53　Haley,《旋转餐桌》, S. 222.

54　Kurent,《弗朗西丝·多诺万与芝加哥社会学派》, S. 86—88.

55　Mary Jo Deegan, *The Chicago Men and the Sociology of Women* (《芝加哥男人与女性社会学》), 载 *The Chicago School: Critical Assessments Bd. I: A Chicago Canon?* 由 Ken Plummer 主编, London: Routledge, 1997, S. 198—230.

56　Robert E. Park, *Introduction* (《导言》), 载 Frances Donovan, *The Saleslady* (《销售小姐》), Chicago: University of Chicago Press, 1929, S. vii—ix.

57　Frances Donovan, *The Schoolma'am* (《女教师》), New York: Frederick A. Stokes, 1939.

58　Joseph Roth, *Die Bar des Volks* (《民众的餐吧》)[1920], 载 *Trübsal einer Straßenbahn: Stadtfeuilletons von Joseph Roth* (《电车的哀伤: 约瑟夫·罗特的城市特稿》), 由 Wiebke Porombka 主编, Salzburg: Jung und Jung, 2012, S. 41—44.

59　Wilhelm von Sternburg, *Joseph Roth: Eine Biographie* (《约瑟夫·罗特传记》), Köln: Kiepenheuer & Witsch, 2009, S. 543.

60　Sternburg,《约瑟夫·罗特传记》, S. 205—207.

61　Wiebke Porombka, *Nachwort* (《后记》), 载 *Trübsal einer Straßenbahn*《电车的哀伤》, S. 254—255 (S. 253—267).

62　Roth,《民众的餐吧》, S. 44.

63 参见 Gail Levin, *Edward Hopper: An Intimate Biography* (《爱德华·霍珀传记》), New York: Rizzoli, 2007, S. 141.

64 Levin,《爱德华·霍珀传记》, S. 201.

65 Coe 指出，中餐馆当时已经完全成为美国人日常生活的一部分。参见 Andrew Coe, *Chop Suey: A Cultural History of Chinese Food in the United States* (《杂碎：美国的中餐文化史》), Oxford: Oxford University Press, 2009, S. 198.

66 Ivo Kranzfelder, *Edward Hopper* (《爱德华·霍珀》), Köln: Taschen, 2002, S. 155.

67 Walter Wells, *Silent Theater: The Art of Edward Hopper* (《沉默的戏剧：爱德华·霍珀的艺术》), London: Phaidon, 2007, S. 240.

68 Allyson Nadia Field, *Expatriate Lifestyle as Tourist Destination: The Sun Also Rises and Experiential Travelogues of the Twenties* (《作为旅行目的地的侨居生活方式：〈太阳照常升起〉和二十年代的体验式游记》), 载 *Ernst Hemingway and the Geography of Memory*, 由 Mark Cirino 与 Mark P. Ott 主编, Kent OH: Kent State University Press, 2010, S. 83—96.

69 George Orwell, *Down and Out in Paris and London* (《巴黎伦敦落魄记》)[1933], Orlando: Harcourt, 1961, S. 6—121; 德文版参考 Zürich: Diogenes, 1978; Gordon Bowker, *George Orwell* (《乔治·奥威尔》), London: Little, Brown and Company, 2003, S. 96—153. 考虑到语

言表达上的一致性，尽管《巴黎伦敦落魄记》已有德语版本，此处以及后文的英语原文仍由本书作者翻译为德语。

70 Joseph Roth, *Der Koch in der Küche*（《厨房里的厨师》）［1929］，载 Joseph Roth, *Panoptikum: Gestalten und Kulissen*（《陈列：人物与布景》），Köln: Kiepenheuer&Witsch, 1983, S. 52—56.

71 Achim Küpper, *Berichte aus der Fremde: Unbehaustheit als Grundmotiv von Joseph Roths Reisereportagen und Reiseschilderungen*（《来自异乡的消息：约瑟夫·罗特之旅行报道与记录中作为根本动机的无家可归》），载 *Joseph Roth und die Reportage*（《约瑟夫·罗特及其报道》），由 Thomas Eicher 主编，Heidelberg: Mattes, 2010, S. 112—114（S. 99—125）.

72 Roth,《厨房里的厨师》, S. 52—56.

73 Orwell,《巴黎伦敦落魄记》, S. 105—115.

74 Bowker,《乔治·奥威尔》, S. 142.

75 Gerald Hogan, *Selling'em by the Sack: White Castle and the Creation of American Food*（《按袋出售：白色城堡与美国食物的创生》），New York: New York University Press, 1999, S. 27.

76 Hogan,《按袋出售》, S. 30—31.

77 Hogan,《按袋出售》, S. 45.

78 Hogan,《按袋出售》, S. 33.

79 M. F. K. Fisher, *Long Ago in France: The Years in Dijon*

(《早年的法兰西岁月：第戎的那些年》)，New York: Touchstone, 1992, S. 29—34. 德文版参见 *Köstliche Jahre: Eine Amerikanerin im Herzen Burgunds* (《珍贵岁月：一个美国女人在勃艮第》)，München: btb, 2012.

80 M. F. K. Fisher, *Consider the Oyster* (《考虑下牡蛎》)[1941]，载 M. F. K. Fisher, *The Art of Eating* (《吃的艺术》)，London: Papermac, 1991, S. 125（S. 123—184）.

81 M. F. K. Fisher, *The Gastronomical Me* (《爱美食的我》)[1943]，载 M. F. K. Fisher, *The Art of Eating* (《吃的艺术》)，S. 353（S. 350—572）.

82 Orwell,《巴黎伦敦落魄记》，S. 80—81.

83 Bowker,《乔治·奥威尔》，S. 147.

84 Bowker,《乔治·奥威尔》，S. 148.

85 Joseph Roth, *Der alte Kellner* (《年老的招待员》)[1929]，载 Joseph Roth, *Panoptikum: Gestalten und Kulissen* (《陈列：人物与布景》)，Köln: Kiepenheuer & Witsch, 1983, S. 49—52.

86 Ernest Hemingway, *A Clean, Well-Lighted Place* (《一个干净明亮的地方》)，载 Ernest Hemingway, *Winner Take Nothing* (《胜利者一无所获》)，New York: Scribner, 1933, S. 17—24；德文版参见 *Ein sauberes, gutbeleuchtetes Café* (《一个干净明亮的咖啡馆》)，载 *Amerikanische Erzähler, Bd. 2* (《美国小说家》第二册)，由 Elisabeth Schnack 主编，Zürich: Manesse, 1957, S. 313—320.

87 Roth,《年老的招待员》,S. 51.

88 André Zwiers, *Friedrich Hussong—Die dunkle Seite des Weimarer Journalismus*(《弗里德里希·胡松：魏玛共和国时代新闻报道的黑暗面》),载 *Journalismus in Theorie und Praxis: Beiträge zur universitären Journalistenausbildung*(《新闻报道理论与实践：对报道者的全面培训》),由 Ulrich P. Schäfer, Thomas Schiller & Georg Schütte 主编, Konstanz: UVK, 1999, S. 39—60.

89 Friedrich Hussong, *Der Tisch der Jahrhunderte*(《餐桌的世纪》), Berlin: Brunnen, 1937, S. 145.

90 Orwell,《巴黎伦敦落魄记》,S. 79.

91 Orwell,《巴黎伦敦落魄记》,S. 68—69.

92 Gerta Pfeffer, *Ich hätte gerne mitgetanzt*(《我愿共舞》),载 *Sie durften nicht mehr Deutsche sein: Jüdischer Alltag in Selbstzeugnissen 1933—1938*(《不许他们再当德国人：犹太人自述日常生活 1933—1938》),由 Margarete Limberg 与 Hubert Rübsaat 主编, Frankfurt am Main: Campus, 1990, S. 140—142. 普费弗成功流亡到了英国(《不许他们再当德国人》, S. 368)。

93 Orwell,《巴黎伦敦落魄记》, S. 118—121；George Orwell, *The Road to Wigan Pier*(《通往威根码头之路》)[1937], London: Penguin, 2014, S. 20；德文版参见 *Der Weg nach Wigan Pier*(《通往威根码头之路》), Zürich: Diogenes, 1982.

94 David Grünspecht, *Ein Viehhändler gibt auf*（《一个牲畜商的放弃》），载 *Sie durften nicht mehr Deutsche sein*（《不许他们再当德国人》），S. 118—121；关于"大蒜"的辱骂参见 Marion A. Kaplan, *Between Dignity and Despair: Jewish Life in Nazi Germany*（《尊严与绝望之间：纳粹德国的犹太人生活》），New York: Oxford University Press，1998，S. 34—35.

95 Joseph Wechsberg, *Visum für Amerika*（《美国签证》），Mährisch Ostrau: Kittl，1939，S. 60.

96 Wechsberg,《美国签证》，S. 91.

97 Susanne Kippenberger, *Am Tisch: Die kulinarische Bohème oder die Entdeckung der Lebenslust*（《餐桌旁：美食生活或发现生活之乐》），Berlin: Bloomsbury，2012，S. 113.

98 Wechsberg,《美国签证》，S. 71—72.

99 *Die Tagebücher von Joseph Goebbels, Teil I: Aufzeichnungen 1923—1941; Band 8: April-November 1940*（《约瑟夫·戈培尔的日记，第一部分：1923—1941 记录，第八册，1940 年四月—八月》），由 Jana Richter 主编，München: Saur，1998，S. 382—384；388.

100 *Die Tagebücher von Joseph Goebbels, Teil I: Aufzeichnungen 1923—1941; Band 5: Dezember 1937—Juli 1938*（《约瑟夫·戈培尔的日记，第一部分：1923—1941 记录，第五册，1937 年 12 月—1938 年 7 月》），由 Elke Fröhlich 主编，München: Saur，1998，S. 390.

101 *Die Tagebücher von Joseph Goebbels, Teil I: Aufzeichnungen 1923—1941; Band 6: August 1938—Juni 1939* (《约瑟夫·戈培尔的日记，第一部分：1923—1941 记录，第六册，1938 年 8 月—1939 年 6 月》)，由 Jana Richter 主编，München: Saur, 1998, S. 182.

102 *Die Tagebücher von Joseph Goebbels, Teil I: Aufzeichnungen 1923—1941; Band 8: April-November 1940* (《约瑟夫·戈培尔的日记，第一部分：1923—1941 记录，第八册，1940 年 4 月—8 月》)，S. 382—384; 388.

103 Patric Kuh, *The Last Days of Haute Cuisine* (《高级料理的最后岁月》)，New York: Penguin, 2001, S. 7—16; Thomas McNamee, *The Man Who Changed the Way We Eat: Craig Claiborne and the American Food Renaissance* (《改变我们吃饭方式的男人：克雷格·克莱伯恩与美国美食复兴》)，New York: Free Press, 2012, S. 80—81.

104 Jean-Paul Sartre, *Das Sein und das Nichts: Versuch einer phänomenologischen Ontologie* (《存在与虚无：现象学存在论》)[1943]，Reinbek: Rowohlt, 2014, S. 139.

105 Christa Hackenesch, *Jean-Paul Sartre* (《让-保罗·萨特》)，Reinbek: Rowohlt, 2001, S. 60—64.

106 Sartre,《存在与虚无》，S. 903.

107 Sartre,《存在与虚无》，S. 139—140.

108 Peter J. Atkins, *Communal Feeding in War Time: British Restaurants, 1940—1947* (《战争年代的集体进食：不列颠

餐馆, 1940—1947》), 载 *Food and War in Twentieth Century Europe* (《二十世纪欧洲的食物与战争》), 由 Ina Zweiniger-Bargielowska, Rachel Duffett & Alain Drouard 主编, Farnham: Ashgate, 2011, S. 139—153.

109 萨特认为"自欺的原始活动是为了逃避人们不能逃避的东西, 为了逃避人们所是的东西"(《存在与虚无》, S. 159)。

110 Sartre,《存在与虚无》, S. 140—141.

111 关于招待员形象的多义性参见 D. Z. Phillips, *Bad Faith and Sartre's Waiter* (《坏信仰与萨特的招待员》), 载 *Philosophy 56: 251*(1981), S. 30 (S. 23—31).

112 Jean-Paul Sartre, *Geschlossene Gesellschaft: Stück in einem Akt* (《禁闭:独幕剧》)[1944], Reinbek: Rowohlt, 1986.

113 William Foote Whyte, *Participant Observer: An Autobiography* (《参与式观察者:自传》), Ithaca: ILR, 1994, S. 150.

114 Whyte, *Human Relations in the Restaurant Industry* (《餐饮业的人际关系》), New York: McGraw Hill, 1948, S. 128.

115 Whyte,《餐饮业的人际关系》, S. 115.

116 Kurent,《弗朗西丝·多诺万与芝加哥社会学派》, S. 106.

117 James Baldwin, *Notes of a Native Son* (《土生子的札记》)[1955], 载 James Baldwin, *Notes of a Native Son* (《土生子的札记》), London: Corgi, 1974, S. 78—79 (S. 71—95); 德文版参见 *Aufzeichnungen eines Eingeborenen* (《土生子的札记》), 载 James Baldwin, *Schwarz und weiß*,

oder: *Was es heißt, ein Amerikaner zu sein*（《黑与白，或身为美国人的意味》），Reinbek: Rowohlt, 1963, S. 17—21.

118 草图以及两人谈话的主题并非餐馆，而是咖啡馆。参见 Joseph Wechsberg, *Simon Wiesenthal—Der Mann und seine Aufgabe*（《西蒙·维森塔尔其人其事》），载 Simon Wiesenthal, *Doch die Mörder leben*（《凶手却活着》），由 Joseph Wechsberg 主编，München: Droemer Knaur, 1987, S. 56—58（S. 7—58）.

119 Wolfram Siebeck, *Das Haar in der Suppe habe ich nicht bestellt: Erinnerungen eines Berufsessers*（《我没点汤里的头发：职业食客回忆录》），Frankfurt am Main: Eichborn, 1992, S. 54—67.

120 Tony Judt, *Postwar: A History of Europe Since 1945*（《战后：1945年以来的欧洲历史》），London: Penguin, 2005, S. 9；德文版参见 *Die Geschichte Europas von 1945 bis zur Gegenwart*（《1945年至今的欧洲历史》），München: Hanser, 2006.

121 Siebeck,《我没点汤里的头发》，S. 54—67.

122 George Cotkin, *Existential America*（《存在主义的美国》），Baltimore: Johns Hopkins University Press, 2003, S. 100—102.

123 Baldwin,《土生子的札记》，S. 80—81.

124 Joseph Wechsberg, *Blue Trout, Black Truffles: The*

Peregrinations of an Epicure (《蓝鳟鱼、黑松露：一个享乐主义者的漫游》), New York: Knopf, 1953, S. 70—82; 德文版参见 *Forelle blau und schwarze Trüffeln: Die Wanderungen eines Epikureers* (《蓝鳟鱼、黑松露：一个享乐主义者的漫游》), Reinbek: Rowohlt, 1964, S. 66—76.

125　Siebeck,《我没点汤里的头发》, S. 86—88.

126　Baldwin,《土生子的札记》, S. 81. 关于世界"不再是白色的"想法来源于鲍德温的散文《村子里的陌生人》(载《土生子的札记》, S. 135—149;《黑与白》, S. 45—58)。

127　Jacques Pépin, *The Apprentice: My Life in the Kitchen* (《学徒：我的厨房生活》), Boston: Houghton Mifflin, 2003, S. 46—50.

128　Erving Goffman, *The Presentation of Self in Everyday Life* (《日常生活中的自我呈现》)[1959], Harmondsworth: Penguin, 1969, S. 118—120; 德文版参见 *Wir alle spielen Theater: Die Selbstdarstellung im Alltag* (《我们都在演戏：日常生活中的自我表演》), München: Piper, 2012; Gary Alan Fine & Philip Manning, *Erving Goffman* (《欧文·戈夫曼》), 载 *The Blackwell Companion to Major Social Theorists*, 由 George Ritzer 主编, Malden, Mass.: Blackwell, 2003, S. 457—485.

129　Pépin,《学徒》, S. 76—103.

130　Vera Hierholzer, *Wie die Pizza nach Deutschland kam* (《比萨如何来到德国》), 载 *Satt: Kochen, Essen, Reden* (《饱腹：

烹饪、吃饭、交谈》),由 Corinna Engel, Helmut Gold & Rosemarie Wesp 主编,Heidelberg: Edition Braus, 2009, S. 56—57.

131 Maren Möhring, *Fremdes Essen: Die Geschichte der ausländischen Gastronomie in der Bundesrepublik Deutschland* (《异域食物:联邦德国的外国食物史》), München: Oldenbourg, 2012, S. 466, S. 235—312.

132 Hierholzer,《比萨如何来到德国》,S. 56—57;《厨房》的预言参见 Möhring,《异域食物》,S. 251.

133 McNamee,《改变我们吃饭方式的男人》,S. 48; Craig Claiborne, *A Feast Made for Laughter: A Memoir with Recipes* (《欢乐的盛宴:食谱备忘录》), Garden City: Doubleday, 1982, S. 120—122.

134 Gael Greene, *Insatiable: Tales from a Life of Delicious Excess* (《馋:美味生活的故事》), New York: Grand Central, 2006, S. 7—10; 58.

135 Alfred Kölling, *Fachbuch für Kellner: Theorie und Praxis im Kellnerberuf* (《招待员手册:招待行业的理论与实践》)[1956], Leipzig: Fachbuchverlag, 1958, S. 16; 203—212.

136 Pépin,《学徒》,S. 134—146.

137 Sasha Issenberg, *The Sushi Economy: Globalization and the Making of a Modern Delicacy* (《寿司经济:全球化与现代美食的制作》), New York: Gotham, 2007, S. xi, 71—75.

138 Issenberg,《寿司经济》,S. 240.

139 Siebeck,《我没点汤里的头发》,S. 106—107.

140 Owen Edwards, *Courage at the Greensboro Lunch Counter*(《格林斯伯勒午餐台边的勇气》),载 *Smithsonian Magazine*(2010.2),亦可参见网址 http://www.smithsonianmag.com/arts-culture/courage-at-the-greensboro-lunch-counter-4507661/?no-ist(2015.10);Taylor Branch, *Parting the Waters: America in the King Years, 1954—1963*(《破冰:马丁·路德·金时代的美国,1954—1963》),New York: Touchstone, 1988, S. 270—275.

141 Ulrich Herbert, *Geschichte Deutschlands im 20. Jahrhundert*(《二十世纪德国史》),München: Beck, 2014, S. 761—763.

142 Michael Bock, *Metamorphosen der Vergangenheitsbewältigung*(《面对变形的历史》),载 *Die intellektuelle Gründung der Bundesrepublik: Eine Wirkungsgeschichte der Frankfurter Schule*(《知识分子眼中联邦德国的建立:法兰克福学派的影响史》),由 Clemens Albrecht, Günter Behrmann & Michael Bock 主编, Frankfurt am Main: Campus, 1999, S. 558—559(S. 530—566).

143 Michael Koetzle, *Die Zeitschrift twen: Revison einer Legende*(《〈twen〉杂志:审视一个传奇》),载 *Die Zeitschrift twen: Revision einer Legende*(《〈twen〉杂志:审视一个传奇》),由 Michael Koetzle 主编, München: Klinkhardt

Biermann，1995，S. 16；53（S. 12—73）.

144 Wolfram Siebeck, *Fleckhaus, der Guru: Eine Erinnerung* (《弗莱克豪森，导师：一段回忆》), 载 *Die Zeitschrift twen* (《〈twen〉杂志》), S. 234—236; 关于席贝克对德国饮食历史的意义可以参见 Kippenberger,《餐桌边》, S. 92—107.

145 Iwan Morgan, *The New Movement: The Student Sit-Ins in 1960* (《新运动：1960 年的学生静坐》), 载 *From Sit-Ins to SNCC: The Student Civil Rights Movement in the 1960s* (《从静坐到全美学生统一行动委员会：1960 年代的学生民权运动》), 由 Iwan Morgan & Philip Davies 主　编, Gainesville: University Press of Florida, 2012, S. 8（S. 1—22）. 市中心商店里的餐馆是经过精心挑选的抗议目标。这些餐馆的顾客同时有黑人与白人，是其他餐馆因地理位置缘故所不具备的（Andrew Hurley, *Diners, Bowling Alleys, and Trailer Parks: Chasing the American Dream in Postwar Consumer Culture*《美食、保龄球、房车：战后消费文化的美国梦》, New York: Basic, 2001, S. 90）. 传统上具有黑人色彩的大学——霍华德大学的学生于三十年代曾在美国国会大厦抗议大厦内的餐馆施行种族隔离，该事件可以参见 Elliott M. Rudwick, *Oscar De Priest and the Jim Crow Restaurant in the U.S. House of Representatives*, 载 *The Journal of Negro Education* 35/1［1966］, S. 77—82.

146 Edwards,《格林斯伯勒午餐台边的勇气》; Branch,《破冰：马丁·路德·金时代的美国》，S. 270—275.
147 McNamee,《改变我们吃饭方式的男人》，S. 83.
148 David Morowitz, *Introduction* (《导言》), 载 *Trifles Make Perfection: The Selected Essays of Joseph Wechsberg* (《琐碎决定完美：约瑟夫·韦克斯贝格文选》), 由 David Morowitz 主编, Jaffrey, NH: David R. Godine, 1999, S. vii—x.
149 Mary F. Corey, *The World Through a Monocle: The New Yorker at Midcentury* (《透过单片眼镜看世界：世纪中期的纽约人》), Cambridge: Harvard University Press, 1999, S. 14—15, 63.
150 Joseph Wechsberg, *Dining at the Pavillon* (《在"帕维侬"就餐》), Boston: Little, Brown and Company, 1962, S. 204—206.
151 Anne Moody, *Coming of Age in Mississippi* (《在密西西比长大》), New York: Dial, 1968, S. 235—240; 德文版参见 *Erwachsen in Mississippi: Eine Autobiographie* (《在密西西比长大：自传》), Frankfurt am Main: Fischer, 1970. 白人活动分子也参加了杰克逊市的抗议活动，参见 John R. Salter, *Jackson, Mississippi: An American Chronicle of Struggle and Schism* (《密西西比州杰克逊市：一部美国斗争与对立编年史》), Hicksville, NY: Exposition, 1979.
152 Holger Uske, *Rolf Anschütz und das Japanrestaurant Suhl* (《罗尔夫·安舒茨与苏尔市的日本餐馆》), Suhl:

Stadtverwaltung, 2012, S. 20—21.

153 Karin Falkenberg, *Der" Waffenschmied" in Suhl: Das einzige Japan-Restaurant der DDR. Ein Jahrhundert Firmengeschichte* (《苏尔市"武器制造者"：民主德国唯一的日本餐馆百年史》), Würzburg: Institut für Alltagskultur, 2000, S. 19—38.

154 Falkenberg,《苏尔市"武器制造者"》, S. 23.

155 Pépin,《学徒》, S. 155—165.

156 Pépin,《学徒》, S. 211—212.

157 Thomas McNamee, *Alice Waters and Chez Panisse: The Romantic, Impractical, Often Eccentric, Ultimately Brilliant Making of a Food Revolution* (《艾丽丝·沃特斯与"潘尼斯之家"：一场浪漫、不切实际、有所偏爱、结局辉煌的食物革命》), New York: Penguin, 2007, S. 2; 41—49.

158 George Packer, *The Unwinding: An Inner History of the New America* (《松绑：新美国的内部史》), New York: Farrar, Straus and Giroux, 2013, S. 184—189; 德文版参见 *Die Abwicklung: Eine innere Geschichte des neuen Amerika* (《松绑：新美国的内部史》), Frankfurt am Main: Fischer, 2014.

159 Henry Chesbrough, Sohyeong Kim & Alice Agogino, *Ches Panisse: Building an Open Innovation Ecosystem* (《"潘尼斯之家"：打造开放的创新经济系统》), California Management

Review 56/4（2014），S. 144—171.

160　McNamee,《艾丽丝·沃特斯与"潘尼斯之家"》, S. 59.

161　Jean-Philippe Derenne, *Nouvelle Cuisine*（《新料理》），载 *Encyclopedia of Food and Culture*，由 Solomon Katz 主编，New York: Scribner, 2003, S. 569（S. 569—572）.

162　McNamee,《改变我们吃饭方式的男人》, S. 191—193.

163　Derenne,《新料理》, S. 569—572; Rambourg,《法国美食与餐饮历史》, S. 298.

164　McNamee,《改变我们吃饭方式的男人》, S. 196.

165　Greene,《馋》, S. 161—163.

166　Paczensky & Dünnebier,《吃喝文化史》, S. 522.

167　McNamee,《改变我们吃饭方式的男人》, S. 193.

168　Nigel Slater, *Toast: The Story of a Boy's Hunger*（《吐司：少年饥饿记》），London: Harper Perennial, 2003, S. 189—200.

169　此处乃 Katharine G. Bristol 的观点，参见其文章 *The Pruitt-Igoe Myth*（《普鲁伊特-伊戈神话》），载 *Journal of Architectural Education* 44/3（1991），S. 163—171.

170　Eric Darton, *The Janus Face of Architectural Terrorism: Minoru Yamasaki, Mohammed Atta, and Our World Trade Center*（《建筑恐怖主义的双面：山崎实、穆罕默德·阿塔和世贸中心》），载 *After the World Trade Center: Rethinking New York City*（《世贸中心之后：反思纽约》），由 Michael Sorkin & Sharon Zukin 主编，New York: Routledge, 2002,

S. 88，92（S. 87—130）.

171　Andrew Ross, *The Odor of Publicity*（《公共性的意味》），载 *After the World Trade Center*（《世贸中心之后》），S. 122—123（S. 121—130）.

172　Eric Darton, *Divided We Stand: A Biography of New York's World Trade Center*（《我们分开站立：纽约世贸中心记》），New York: Basic, 1999，S. 153—154.

173　Gael Greene, *The Most Spectacular Restaurant in the World*（《全世界最棒的餐厅》），载 *The New Yorker*（1976.5.31），亦可参见网址 http://www.insatiable-critic.com/Article.aspx?id=1322&AspxAutoDetectCookieSupport=1（2015.10）.

174　Steven Greenhouse, *Windows on the World Workers Say Their Boss Didn't Do Enough*（《"世界之窗"员工说他们的老板做得不够》），载 *The New York Times*（2002.6.4），亦可参见网址 http://www.nytimes.com/2002/06/04/nyregion/windows-on-the-world-workers-say-their-boss-didn-t-do-enough.html（2015.10）.

175　Truman Capote, *Answered Prayers: The Unfinished Novel*（《应许的祈祷：未完成的小说》），London: Hamish Hamilton, 1986，S. 141—181；德文版参见 *Erhörte Gebete*，München: Goldmann, 2010.

176　Wolfram Siebeck, *Vierzig côtes und kein coq: Das Leiden eines Zwei-Sterne-Kochs im Münchener Tantris*（《四十份牛排

与无人问津的鸡肉：慕尼黑"坦崔斯"餐厅二星主厨的痛苦》），载 Die Zeit，（1975.3.28），亦可参见网址 http://www.zeit.de/1975/14/vierzig-cotes-und-kein-coq（2015.10）.

177 Falkenberg,《苏尔市"武器制造者"》, S. 27.

178 Gerald Clarke, *Capote: A Biography*（《卡波蒂传记》）, New York: Simon & Schuster, 2010, S. 462—473；德文版参见 *Capote: Eine Biografie*（《卡波蒂传记》）, Zürich: Kein&Aber, 2007. 另有一种不同的表述（关于伍德沃自杀一事）可参见 George Plimpton, *Truman Capote: In Which Various Friends, Enemies, Acquaintances, and Detractors Recall His Turbulent Career*（《杜鲁门·卡波蒂：朋友、敌人、熟人与诋毁者回忆他喧嚣的事业》）, New York: Doubleday, 1997, S. 337—355；德文版参见 *Truman Capotes turbulentes Leben: Kolportiert von Freunden, Feinden, Bewunderern und Konkurrenten*（《杜鲁门·卡波蒂的喧嚣生活：来自朋友、敌人、支持者与诋毁者的杂言》）, Berlin: Rogner & Bernhard, 2014.

179 Jefferson Cowie, *Stayin' Alive: The 1970s and the Last Days of the Working Class*（《苟活：1970年代与工薪阶级的最后岁月》）, New York: New Press, 2010, S. 12—13.

180 Claiborne,《欢乐的盛宴》, S. 225；McNamee,《改变我们吃饭方式的男人》, S. 202—211.

181 Gerald Mars & Michael Nicod, *The World of Waiters*（《招待

员的世界》),London: Allen & Unwin, 1984, S. 2, 10.

182 Mars & Nicod,《招待员的世界》, S. 12—13.

183 Mars & Nicod,《招待员的世界》, S. 16.

184 Mars & Nicod,《招待员的世界》, S. 99.

185 Mars & Nicod,《招待员的世界》, S. 12.

186 Wolfram Siebeck, *Küchenstar-Parade: Was Frankreichs beste Köche anrichteten* (《明星主厨之旅：法国最佳厨师的追求》), 载 *Die Zeit*（1978.10.27）; Wolfram Siebeck, *... und die Äpfel von der faden Sorte: Essen im Maxim's, nachdem es einen Stern und einen Türhüter verlor* (《……以及索然无味的苹果：当"马克西姆"失掉一颗星与一个看门人后，去那里就餐》), 载 *Die Zeit*（1978.10.27）; Wolfgang Lechner, *Schickt Siebeck auf den Mars!* (《送席贝克去火星！》), 载 *Die Zeit*（2008.9.21）; Wolfram Siebeck, *Der Sauerbraten war ein Schock: Aber der Blick aus dem Speisewagen war herrlich* (《醋焖牛肉吓人一跳，但餐车外的视野棒极了》), 载 *Die Zeit*（1975.11.28）; Wolfram Siebeck, *Mit deutscher Zunge: Jetzt weiß ich, wie ein deutscher Lyriker in Würzburg schlemmt* (《德国之舌：现在我知道一个德国诗人如何在维尔茨堡大吃大喝》), 载 *Die Zeit*（1975.5.23）; Wolfram Siebeck, *Weg mit der Mehlschwitze!* (《不要油煎糊！》), 载 *Die Zeit*（1985.3.15）; 所有文献均可在网上查阅，参见网址 www.zeit.de.

187 Greene,《全世界最棒的餐厅》.

188　Darton,《我们分开站立》, S. 154.

189　Greene,《全世界最棒的餐厅》.

190　Doris Witt, *Black Hunger: Soul Food and America*（《黑色的饥饿：灵魂食物与美国》）, Minneapolis: University of Minnesota Press, 2004, S. 58—59.

191　Mimi Sheraton, *Eating My Words: An Appetite for Life*（《以话为食：生命的食欲》）, New York: Harper, 2006, S. 22—26; McNamee,《改变我们吃饭方式的男人》, S. 218—219.

192　N. N., *Who's Killing the Great Chefs of France? Mimi Sheraton Proves They Dish It Out But Can't Take It*（《谁在杀死法国的伟大厨师们？米咪·谢拉顿证明他们敢做不敢认》）, 载 *The People*（1979.12.17）, 亦可参见网址 http://www.peopel.com/people/archive/article/0, 2007345, 00.html（2015.10）.

193　Ray Kroc, *Grinding It Out: The Making of McDonald's*（《深挖：打造麦当劳》）, New York: St. Martin's Press, 1982, S. 163—165.

194　Hogan,《按袋出售》, S. 148—151.

195　McNamee,《艾丽丝·沃特斯与"潘尼斯之家"》, S. 176.

196　McNamee,《艾丽丝·沃特斯与"潘尼斯之家"》, S. 170—171.

197　Christopher Alexander, Sara Ishikawa & Murray Silverstein, *A Pattern Language: Towns, Buildings, Constructions*（《建筑模式语言：城镇、楼房、建设》）, New York: Oxford

University Press, 1977, S. 444—447.

198 McNamee,《艾丽丝·沃特斯与"潘尼斯之家"》, S. 166—172.

199 Alexander & Ishikawa & Silverstein,《建筑模式语言:城镇、楼房、建设》, S. 847—851.

200 Arlie Hochschild, *The Managed Heart: Commercialization of Human Feeling*(《心灵管理:人类感情的商业化》)[1983], Berkeley: University of California Press, 2003, S. ix.; 德文版参见 *Das gekaufte Herz: Die Kommerzialisierung der Gefühle*(《被购买的心:感情的商业化》), Frankfurt am Main: Campus, 2006.

201 Hochschild,《心灵管理》, S. 105.

202 Hochschild,《心灵管理》, S. 198—200.

203 Cameron Lynne Macdonald, Carmen Sirianni, *The Service Society and the Changing Experience of Work*(《服务社会与不断变化的工作经验》), 载 *Working in the Service Society*, 由 Cameron Lynne Macdonald & Carmen Sirianni 主编, Philadelphia: Temple University Press, 1996, S. 3 (S. 1—26).

204 John Burnett, *England Eats Out: A Social History of Eating Out in England from 1830 to the Present*(《英国的室外就餐:1830年至今的英国室外就餐社会史》), Harlow: Pearson Longman, 2004, S. 307.

205 Heston Blumenthal, *The Fat Duck Cookbook*(《肥鸭餐厅

烹饪书》),London: Bloomsbury, 2009, S. 17—30.
206 Günter Wallraff, *Ganz unten* (《最底层》), Köln: Kiepenheuer & Witsch, 1985, S. 28—36.
207 Colman Andrews, *Ferran: The Inside Story of El Bulli and the Man Who Reinvented Food* (《费兰: 斗牛犬餐厅内幕以及再造食物的男人》), New York: Gotham, 2011, S. 51—67.
208 Robin Leidner, *Fast Food, Fast Talk: Service Work and the Routinization of Everyday Life* (《快餐, 快语: 服务工作与日常生活的程序化》), Berkeley: University of California Press, 1993, S. 54—60.
209 Andrews, 《费兰》, S. 85—86.
210 Jacqueline Vogt, *Ali Güngörmüs: Nach oben gekocht* (《阿里·居格米斯: 向上烹饪》), 载 *Frankfurter Allgemeine Zeitung*(2012.8.24), 参见网址 http://www.faz.net/aktuell/beruf-chance/ali-guengoermues-nach-oben-gekocht-11866114.html (2015年10月).
211 Leidner, 《快餐, 快语》, S. 60—72.
212 Andrews, 《费兰》, S. 110—133.
213 Melinda Naji Abonji, *Tauben fliegen auf* (《鸽子起飞》), Salzburg: Jung und Jung, 2010, S. 59; 85—92; 102—109; 150—158.
214 Leidner, 《快餐, 快语》, S. 72—82; 226—231.
215 Abonji, 《鸽子起飞》, S. 278—284; 289—301.
216 Anthony Bourdain, *Don't Eat Before Reading This: A New York*

Chef Spills Some Trade Secrets(《阅后再吃：纽约一名厨师透露一些经营秘密》), 载 The New Yorker（1999.4.19）, 参见网址 http://www.newyorker.com/magazine/1999/04/19/dont-eat-before-reading-this（2015.10）.

217 Blumenthal,《肥鸭餐厅烹饪书》, S. 67—91; Marie-José Oruna-Concha, Lisa Methven, Heston Blumenthal, Christopher Young & Donald S. Mottram, *Differences in Glutamic Acid and 5'-Ribonucleotide Contens between Flesh and Pulp of Tomatoes and the Relationship with Umami Taste*(《新鲜番茄与番茄果肉浆之间的谷氨酸和五核糖核苷酸含量差异及其与鲜味的关系》), 载 *Journal of Agricultural and Food Chemistry* 55/14（2007）, S. 5776—5780.

218 Joe L. Kincheloe, *The Sign of the Burger: McDonald's and the Culture of Power*(《汉堡包的标志：麦当劳与文化权力》), Philadelphia: Temple University Press, 2002, S. 1; Paul Ariès & Christian Terras, *José Bové: Die Revolte eines Bauern*(《若泽·博韦：一个农民的反抗》), Hamburg: Edition Nautilus, 2001, S. 95—103.

219 Anthony Bourdain, *Kitchen Confidential: Adventures in the Culinary Underbelly*(《厨房秘密：地下饮食世界冒险记》), London: Bloomsbury, 2000, S. 22—24, 108—109, 300—303; 德文版参见 *Geständnisse eines Küchenchefs: Was Sie über Restaurants nie wissen wollten*(《主厨的供认：您绝对不想知道的厨房之事》), München: Goldmann, 2003.

220 Barbara Ehrenreich, *Nickel and Dimed: On (Not) Getting By in America* (《镍与银:(难以)混在美国》), New York: Holt, 2001, S. 220—221; 德文版参见 *Arbeit poor: Unterwegs in der Dienstleistungsgesellschaft* (《工作的穷人:走进服务行业》), München: Kunstmann, 2001, S. 7.

221 Ehrenreich,《镍与银》, S. 11—49.

222 Harald Großkopf, *Wallenstein History* (《华伦斯坦记》), 参见网址 http://www.haraldgrosskopf.de/wallenstein.html (2015.10).

223 Ehrenreich,《镍与银》, S. 11—49.

224 Saru Jayaraman, *Behind the Kitchen Door* (《厨房门后》), Ithaca: Cornell University Press, 2009, S. 159—170.

225 Ehrenreich,《镍与银》, S. 11—49.

226 Jürgen Dollase, *Was man auf den Silvesterkarten deutscher Restaurants vermisst* (《你在德国餐馆错过的新年菜单》), 载 *Frankfurter Allgemeine Zeitung* (1999.12.29), S. 49; Jürgen Dollase, *Wenn gute Küche an die Nieren geht* (《倘使好厨房负重难行》), 载 *Frankfurter Allgemeine Zeitung* (1999.12.27), S. 58; Jürgen Dollase, *Der Fernsehkoch aus der Nähe* (《身边的电视厨师》), 载 *Frankfurter Allgemeine Zeitung* (2001, 3, 14), S. 58; Jürgen Dollase, *Ich bin überall verkehrt, sonst wäre nichts aus mir geworden: Die Gastronomiekritik muss offener und deutlicher werden* (《我遍访各地,否则将一无是处:美食评论必须更加开放与清晰》), 载 *Frankfurter*

Allgemeine Zeitung（2000.10.18），S. 76.

227 Sékou Siby, *When Moises Rivas Was Hired, I Was Assighed to Train Him*（《当莫伊塞斯·里瓦斯被录用时，我曾被派训练他》），参见网址 http://storycorps.org/listen/sekou-siby/ （2015.10）.

228 Birgit Mair, *Die Opfer des NSU und die Aufarbeitung der Verbrechen*（《NSU 受害者以及罪行处置》），Nürnberg：Institut für sozialwissenschaftliche Forschung, Bildung und Beratung, 2013, S. 16—17.

229 Jayaraman,《厨房门后》, S. 167—169.

230 Bill Buford, *Heat: An Amateur's Adventures as Kitchen Slave, Line Cook, Pasta-Maker and Apprentice to a Butcher in Tuscany*（《热度：一个业余爱好者作为厨房奴隶、流水线厨师、糕点师以及托斯卡纳屠夫学徒的历险》），New York：Vintage, 2007, S. 81—90；德文版参见 *Hitze: Abenteur eines Amateurs als Küchensklave, Sous-Chef, Pastamacher und Metzgerlehrling*（《热度：一个业余爱好者作为厨房奴隶、流水线厨师、糕点师以及屠夫学徒的历险》），München：Hanse, 2006.

231 Mair,《NSU 受害者》, S. 18—19；Stefan Aust & Dirk Laabs, *Heimatschutz: Der Staat und die Mordserie des NSU*（《卫护家乡：国家与 NSU 系列谋杀案》），München：Pantheon, 2014, S. 606—607.

232 Buford,《热度》, S. 81—90.

233 Fabian Virchow, Tanja Thomas & Elke Grittmann, *Das Unwort erklärt die Untat: Die Berichterstattung über die NSU-Morde—eine Medienkritik* (《错词解释罪行：关于NSU谋杀案的报道——媒体批评》), Frankfurt am Main: Otto-Brenner-Stiftung, 2014, S.23.

234 *Unsere Wunden kann die Zeit nicht heilen: Was der NSU-Terror für die Opfer und Angehörigen bedeutet* (《我们的伤口难以治愈时间：NSU恐怖对受害者及其家人的意味》), 由 Barbara John 主编, Bonn: Bundeszentrale für politische Bildung, 2014, S.95.

235 Aust/Laabs,《卫护家乡》, S.617.

236 Blumenthal,《肥鸭餐厅烹饪书》, S.90—101.

237 N.N., *100 Köpfe von morgen—die Zukunft im Land der Ideen* (《100个明日之脑——创意之国的未来》), 参见网址 https://www.land-der-ideen.de/sites/default/files/download/100%20K%C3%B6pfe%20Namenslist.pdf（2015.10）.

238 Buford,《热度》, S.104—105; 115—116.

239 Buford,《热度》, S.301.

240 Marta Arzak & Josep Maria Pinto, *Ferran Adrià's Participation in Documenta 12* (《费兰·阿德里亚在第十二届卡塞尔文献展》), 载 *Food for Thought, Thought for Food*, 由 Vincente Todol 主编, Barcelona: Actar, 2009, S.81; 105（S.78—109）.

241 Manfred Weber-Lamberdiere, *Die Revolutionen des Ferran*

Adrià: Wie ein Katalane das Kochen zur Kunst machte（《费兰·阿德里亚的革命：一个加泰罗尼亚人让烹饪成为艺术》），Berlin：Bloomsbury，2007，S. 174.

242　Noreen Malone，*Bulli for You*（《为你而在的"斗牛犬"》），载 *Slate*（2011.4.14），参见网址 http://www.slate.com/articles/life/food/2011/04/bulli_for_you.html（2015.10）.

243　Juan Moreno，*Teufelsköche: An den heißesten Herden der Welt*（《魔鬼厨师：全世界最火热的灶台》），München：Piper，2011，S. 14；116—127；226—239.

244　Lisa Abend，*The Sorcerer's Apprentices: A Season in the Kitchen at Ferran Adrià's El Bulli*（《魔法师的学徒：在费兰·阿德里亚的"斗牛犬"厨房度过一季》），New York：Free Press，2011，S. 65—66，109—111.

245　Barbara John，《我们的伤口难以治愈时间》，S. 72—83.

246　A. J. Smith et al. *A Large Foodborne Outbreak of Norovirus in Diners at a Restaurant in England between January and February 2009*（《2009 年 1 至 2 月期间，一家英国餐馆的食客中所爆发的大型食源性诺如病毒案》），载 *Epidemiology and Infection* 140（2012），S. 1695—1701；Blumenthal，《肥鸭餐厅烹饪书》，S. 144—149；亦可参见维基百科英语版 Heston Blumenthal 条目（2015.10）.

247　Moreno，《魔鬼厨师》，S. 114—129.

248　Marilyn Hagerty，*Grand Forks: A History of American Dining in 128 Reviews*（《大叉子：128 条评论中的美国餐

饮史》),New York:Harper Collins,2013,S. 2;228—233.

249　Magnus Nilsson,*Fäviken*(《梵维肯》),London:Phaidon,2012,S. 29—37.

250　Camille Dodero,*Marilyn Hagerty, Grand Forks Olive Garden Reviewer, Speaks*(《玛里琳·哈格蒂——大叉子、橄榄花园餐厅评论者的述说》),载 *Village Voice*(2012.3.8),参见网址 http://www.villagevoice.com/restaurants/marilyn-hagerty-grand-forks-olive-garden-reviewer-speaks-6574705(2015.10);亦可参见维基百科英语版 Marilyn Hagerty 条目(2015.10)。

251　Hagerty,《大叉子》,S. 233—235.

252　Marten Rolff,*Schwedenhappen*(《瑞典美食》),载 *Süddeutsche Zeitung*(2013.4.26),S. 3.

253　Hans Välimäki et al.,*New Nordic Kitchen Manifesto*(《新北欧料理宣言》),参见网址 http://newnordicfood.org/about-nnf-ii/new-nordic-kitchen-manifesto/(2015.10).

254　Välimäki;Rolff,S. 3.

255　Julia Moskin,*New Nordic Cuisine Draws Disciples*(《新北欧料理的门徒日进》),载 *New York Times*(2011.8.23),参见网址 http://www.nytimes.com/2011/08/24/dining/new-nordic-cuisine-draws-disciples.html?_r=0(2015.8.17).

256　Nilsson,《梵维肯》,S. 29—37;243—248.

257　Jayaraman,《厨房门后》,S. 102—109.

258 Nilsson,《梵维肯》, S. 29—37.

259 Daniell Bell, *The Coming of Post-Industrial Society: A Venture in Social Forecasting*(《后工业社会的来临》), New York: Basic, 1973, S. 20; 德文版参见 *Die nachindustrielle Gesellschaft*(《后工业社会》), Frankfurt am Main: Campus, 1985.

260 Bell,《后工业社会的来临》, S. 44.

261 目前学界对 Bell 的评价可参见 Barry Smart, *Editor's Introduction: Post-Industrial Society and Information Technology*(《编者的话:后工业社会与信息技术》), 载 *Post-Industrial Society*, Bd. I, 由 Barry Smart 主编, London: Sage, 2011, S. xxi—xliv.

262 Heinrich August Winkler 批评 Bell 的图景是一种"过分夸张"的描述, 参见 Winkler, *Geschichte des Westens: Vom Kalten Krieg zum Mauerfall*(《西方的历史:从冷战到柏林墙倒塌》), München: Beck, 2014, S. 637.

263 Peter Scholliers, *Novelty and Tradition: The New Landscape for Gastronomy*(《创新与传统:餐饮新风貌》), 载 *Food: The History of Taste*, 由 Paul Freedman 主编, London: Thames and Hudson, 2007, S. 334—335 (S. 333—357).

264 Scott Lash & John Urry, *Economies of Signs and Space*(《标志与空间的经济学》), London: Sage, 1994, S. 222.

265 George Ritzer, *The McDonaldization of Society*(《社会的麦

当劳化》)[1993], Los Angeles: Pine Forge, 2009; 德文版参见 *Die McDonaldisierung der Gesellschaft* (《社会的麦当劳化》), Frankfurt am Main: Fischer, 1997. 运用马克思·韦伯的理论而展开的讨论参见 Christiane Bender & Hans Graßl, *Arbeiten und Leben in der Dienstleistungsgesellschaft* (《服务行业的工作与生活》), Konstanz: UVK, 2004. 一场针对 Ritzer 的观点而展开的热烈争论可以参见 *Resisting McDonaldization* (《抵抗麦当劳化》), 由 Barry Smart 主编, London: Sage, 1999.

266　Ronnie J. Steinberg & Deborah M. Figart, *Emotional Labor since The Managed Heart* (《〈心灵管理〉以来的情感实验室》), 载 *Annals of the American Academy of Political and Social Science 561* (1999), S. 8—26.

267　Spang,《餐馆》, S. 184 (S. 179—186).

268　Winfried Speitkamp, *Der Rest ist für Sie! Kleine Geschichte des Trinkgeldes* (《多余的给您! 小费简史》), Stuttgart: Philipp Reclam, 2008, S. 9—10; 此外, 从文化人类学角度出发的解释可以参见 David Sutton, *Tipping: An Anthropological Meditation* (《小费: 人类学冥想》), 载 *The Restaurants Book: Ethnographies of Where We Eat*, 由 David Beriss & David Sutton 主编, Oxford: Berg, 2007, S. 191—204; 从经济学角度出发的解释可以参见 Ofer Azar, *Do People Tip Because of Psychological or Strategic Motivations? An Empirical Analysis of Restaurant Tipping* (《给小费是出于

心理动机还是策略动机？关于餐馆消费的实证分析》），载 *Applied Economics* 42/23（2010），S. 3039—3044.

269 Katherine S. Newmann 在其出色的种族研究中强调了"工作的穷人"看似并不具有的职业伦理，参见 *No Shame in My Game：The Working Poor in the Inner City*（《我的游戏不可耻：市中心的工作穷人》），New York：Knopf，1999.

270 Jordan Weissmann, *The Fast-Food Strikes Have Been a Stunning Success for Organized Labor*（《快餐罢工已成为有组织的劳工所取得的惊人胜利》），载 *Slate*（2014.9.7），参见网址 http://www.slate.com/blogs/moneybox/2014/09/07/the_fast_food_strikes_a_stunning_success_for_organized_labor.html（2015.10）；William Finnegan, *Dignity：Fast-Food Workers and a New Form of Labor Activism*（《尊严：快餐业员工与新形式劳工活动》），载 *The New Yorker*（2014.9.15），参见网址 http://www.newyorker.com/magazine/2014/09/15/dignity-4（2015.10）.

271 Luc Boltanski & Eve Chiapello, *Der neue Geist des Kapitalismus*（《资本主义的新精神》）[1999]，Konstanz：UVK, 2003.

272 关于餐馆服务工作的历史学与社会学研究可以参见 *Working in the Service Society*（《服务业工作》），由 Cameron Lynne Macdonald & Carmen Sirianni 主编，Philadelphia：Temple University Press, 1996），其中尤其值得注意的是 Greta Foff Paules 的 *Resisting the Symbolism of Service among Waitresses*（《女性服务员对服务象征化的抵抗》，

S. 264—290）一文；还可参见 Greta Foff Paules, *Dishing It Out: Power and Resistance among Waitresses in a New Jersey Restaurant*（《上菜：新泽西一家餐馆女服务员的权力与抵抗》, Philadelphia: Temple University Press, 1991）；此外，Kim Pryce-Glinn & Strip Club 的 *Gender, Power, and Sex Work*（《脱衣舞俱乐部：性别、权力与性工作》, New York: New York University Press, 2010）以及 James P. Spradley & Brenda J. Mann 的 *The Cocktail Waitress: Women's Work in a Man's World*（《鸡尾酒女招待：男人世界的女人工作》, New York: Knopf, 1975）亦值得一看，尽管书中对餐馆的定义有所偏差。关于美国女性招待员在工会组织方面的社会史研究可以参见 Dorothy Sue Cobble, *Dishing It Out: Waitresses and Their Unions in the Twentieth Century*（《上菜：二十世纪的女招待员及其联合》）, Urbana: University of Illinois Press, 1992；关于女性服务员的文化与社会史可以参见 Alison Owings, *Hey Waitress! The US from the Other Side of the Tray*（《嘿，服务员！托盘另一边的美国》）, Berkeley: University of California Press, 2004；关于组织（男性）非裔招待员建立工会的早期尝试可以参见 Margaret Garb, *The Great Chicago Waiter's Strike: Producing Urban Space, Organizing Labor, Challenging Racial Divides in 1890s Chicago*（《伟大的芝加哥服务员罢工：在 1890 年代的芝加哥创造城市空间、组织劳

工、挑战种族隔离》），载 *Journal of Urban History* 40/6（2014），S. 1079—1098；关于职业女性厨师可以参见 Ann Cooper, *A Woman's Place Is in the Kitchen: The Evolution of Women Chefs*（《女人的位置在厨房：女性厨师的演变》，New York: Van Nostrand, 1998）.

273　Jean-Pierre Hassoun, *Restaurants dans la ville-monde: Douceurs et amertumes*（《世界都市中的餐馆：乐与苦》），载 *Ethnologie Française* 44/1（2014），S. 6（S. 5—10）.

274　关于描写餐馆员工时关注其手上之纹路、伤疤、裂痕的意义可以参见 Simon Wroe 的小说 *Chop Chop*（《快点、快点》），London. Penguin, 2014, S. 32—33；德文版 *Chop Chop*（《快点、快点》），Berlin: Ullstein, 2014。

275　Gary Alan Fine, *Kitchens: The Culture of Restaurant Work*（《厨房：餐馆工作文化》），Berkeley: University of California Press, 1996, S. 206—207.

276　有趣的是 Richard Sennett 对中国顶级厨师及其用刀技艺的想象（Sennett, *The Craftsman*《手艺人》，London: Penguin, 2008, S. 165—168；德文版 *Handwerk*《手工》，Berlin: Berlin Verlag, 2009）。

277　一个引人注目的案例研究可以参见 Karla A. Erickson, *Tight Spaces and Salsa-Stained Aprons: Bodies at Work in American Restaurants*（《紧密空间与萨尔萨色围裙：在美国餐馆里工作的身体》），载 *The Restaurants Book: Ethnographies of Where We Eat*，由 David Beriss & David Sutton 主编，

Oxford: Berg, 2007, S. 17—23. 更详尽的内容可以参见 Karla A. Erickson, *The Hungry Cowboy: Service and Community in a Neighborhood Restaurant* (《饥饿的牛仔：邻家餐馆里的服务与交流》), Jackson: University Press of Mississippi, 2009.

278　Matthew Crawford, *The World Beyond Your Head: On Becoming an Individual in an Age of Distraction* (《头顶上的世界：在分心时代成为独立个体》), New York: Farrar, 2015, S. 32—35.

279　Regina S. Baraban & Joseph F. Durocher, *Successful Restaurant Design* (《成功的餐馆设计》), New York: Wiley, 2010, S. 1.

280　Jayaraman,《厨房门后》; Elvire Camus, *Violences en cuisine: les vieilles traditions ont la vie dure* (《厨房里的暴力：旧传统难改》), 载 *Le Monde* (2014.11.29), 参见网址 http://www.lemonde.fr/m-styles/article/2014/11/29/violences-en-cuisine-les-vieilles-traditions-ont-la-vie-dure_4531560_4497319.html (2015.10); David Shipler, *The Working Poor: Invisible in America* (《工作的穷人：美国的隐身者》), New York: Vintage, 2004, S. 19—20.

281　Lizabeth Cohen, *A Consumer's Republic: The Politics of Mass Consumption in Postwar America* (《消费者的共和国：战后美国大众消费政策》), New York: Knopf, 2003, S. 404.

282 Alison Pearlman, *Smart Casual: The Transformation of Gourmet Restaurant Style in America* (《智能休闲：美国餐厅风格的转变》), Chicago: University of Chicago Press, 2013, S. 86—87.

283 Charlotte Biltekoff, *Eating Right in America: The Cultural Politics of Food and Health* (《在美国吃对：食物与健康的文化政策》), Durham: Duke University Press, 2013.

284 Adam Gopnik, *The Table Comes First: Family, France, and the Meaning of Food* (《餐桌优先：家庭，法国，食物的意义》), New York: Vintage, 2012, S. 4—5.

285 Michael Pollan, *Cooked: A Natural History of Transformation* (《烹饪：关于变化的自然史》), London: Penguin, 2013, S. 3—7；德文版参见 *Kochen: Eine Naturgeschichte der Transformation*, München: Kunstmann, 2014.

286 该观点是从城市规划的视角出发，同时兼顾餐饮业的作用。参见 Sharon Zukin, *Naked City: The Death and Life of Authentic Urban Places* (《裸体城市：可靠城市场所的生与死》), Oxford: Oxford University Press, 2011, S. xii—xiii.

287 Peter Naccarato & Kathleen LeBesco, *Culinary Capital* (《美食之都》), London: Berg, 2012, S. 9；相关范例可以参见 Michael Pollan, *Omnivore's Dilemma: A Natural History of Four Meals* (《杂食动物的困境：四餐自然史》, New York: Penguin, 2006；德文版 *Das Omnivoren-Dilemma: Wie sich die Industrie der Lebensmittel bemächtigte und warum Essen so*

kompliziert wurde《杂食动物的困境：食品工业如何壮大以及吃饭为何变得复杂》，München: Goldmann，2011）与 Jonathan Safran Foer, *Eating Animals*（《烹食动物》，Boston: Little，Brown and Company，2009；德文版 *Tiere essen*，Frankfurt am Main: Fischer，2012）。

288 Carlo Petrini, *Gut, sauber & fair: Grundlagen einer neuen Gastronomie*（《优质、干净与公平：一种新料理的原则》），Wiesbaden: Tre Torri，2007，S. 286.

289 James L. Watson & Melissa L. Caldwell, *Introduction*（《导言》），载 *The Cultural Politics of Food and Eating: A Reader*，由 James L. Watson & Melissa L. Caldwell 主编，Malden, Mass.: Blackwell，2005，S. 3（S. 1—10）。

290 关于法国顶级厨师的陨落可以参见 Patric Kuh, *The Last Days of Haute Cuisine*（《高级料理的最后岁月》），New York: Penguin，2001.

291 David Inglis & Debra Gimlin, *Food Globalizations: Ironies and Ambivalences of Food, Cuisine, and Globality*（《食品全球化：食品、料理与全球性的反讽及矛盾》），载 *The Globalization of Food*，David Inglis Debra Gimlin，Oxford: Berg，2010，S. 14—15（S. 3—42）。

292 Petrini，《优质、干净与公平》，S. 30.

293 Amy B. Trubek, *The Taste of Place: A Cultural Journey Into Terroir*（《各地味道：乡土文化之旅》），Berkeley: University of California Press，2009，S. 141—142. 关于这

种怀旧饮食趋势所引发的争辩可以参见 Rachel Laudan, *A Plea for Culinary Modernism: Why We Should Love New, Fast, Processed Food*（《饮食现代主义的恳求：为什么我们要爱新鲜、快速的加工食品》），载 *Gastronomica* 1（2001），S. 36—44.

294 Valeria Siniscalchi, *La politique dans l'assiette: Restaurants et restaurateurs dans le mouvement Slow Food en Italie* (《盘中政策：意大利慢食运动中的酒店与餐馆》），载 *Ethnologie Française* 44/1（2014），S. 79（S. 73—84）.

295 关于早期美国美食家及其美式文化的解说可以参见 David Strauss, *Setting the Table for Julia Child: Gourmet Dining in America, 1934—1961*（《为朱莉娅·蔡尔德铺桌子：美国美食，1934—1961》），Baltimore: Johns Hopkins University Press, 2011.

296 Steven Poole, *Let's Start the Foodie Backlash*（《让我们开启吃货运动》），载 *The Guardian*（2012.9.28），参见网址 http://www.theguardian.com/books/2012/sep/28/lets-start-foodie-backlash（2015.10）；关于慢食运动的不同意见可以参见 Josée Johnston & Shyon Baumann, *Foodies: Democracy and Distinction in the Gourmet Foodscape*（《吃货：美食界的民主与差异》），New York: Routledge, 2010.

297 Andreas Reckwitz, *Die Erfindung der Kreativität: Zum Prozess gesellschaftlicher Ästhetisierung*（《发明创意：社会美学化的进

程》),Berlin: Suhrkamp, 2012, S. 14—15.
298 Amy B. Trubek, *The Chef*(《主厨》),载 *Encyclopedia of Food and Culture*, Bd. I, 由 Solomon Katz 主编, New York: Scribner, 2003, S. 364—366. 20世纪晚期与21世纪初期,与餐馆相关的自传性描述无处不在。这两种趋势在西方工业国家里相互交织,并非偶然:渊源是对个人真实生活故事的好奇,这个人作为模范或者模范的反例面对读者,并始终显示出对食物、食物制作以及与餐馆相关的迷人秘密的递增兴趣。在美国,Anthony Bourdain 的《厨房秘密》树立了一种典范,该书把餐饮场所描绘成一个盟誓共同体,把厨房描绘成一处充满真实感受——压力、性、暴力——的地方(Anthony Bourdain, *Kitchen Confidential: Adventures in the Culinary Underbelly*《厨房秘密:地下饮食世界冒险记》,London: Bloomsbury, 2000;德文版 *Geständnisse eines Küchenchefs: Was Sie über Restaurants nie wissen wollten*《主厨的供认:您绝对不想知道的厨房之事》,München: Goldmann, 2003)。Tracie McMillan——比 Bourdain 少些浪漫情怀,曾久居于连锁餐厅之内,对系统化餐饮的社会与政治影响充满兴趣——曾报道过布鲁克林的一家苹果蜜分店,发现那里也存在着类似于 Bourdain 所欢呼的那种共同体[Tracie McMillan, *The American Way of Eating: Undercover at Walmart, Applebee's, Farm Fields and the Dinner Table*(《美国式吃法：在沃尔玛、苹果蜜、农场和餐桌上的暗访》），New York：Scribner，2012］。同样在德国，餐馆亦成为传记内容的源发地。Tim Raue 的 *Ich weiß, was Hunger ist: Von der Straßengang in die Sternekücke*（《我知道饥饿是什么：从路边摊到星级厨房》，München：Piper，2011）讲述了一个柏林人的一生，把粗俗的路边风俗与餐馆里的交际方式联系了起来。Raue 与合著者 Stefan Adrian 写道："最后，那些有着坚强意志与坚硬拳头的人获得了成功，他们总是挑战痛苦的边界。"（S. 160）Gregor Weber，一位受过厨师培训的演员，让 *Kochen Ist Krieg*（《烹饪是战争》，München：Piper，2011）一书中的行为看上去如同打仗一般，就像 Roland Mary——Borchardt 餐厅的老板——在他与 Rainer Schimidt 合著的回忆录 *Gefahrenzone: Geschichten aus dem Bauch eines Restaurants*（《危险地区：一家餐馆的秘史》，München：Goldmann，2013，S. 11）中描述的一样；Mary 确信，一家餐馆要想取得成功，必须"像狮笼里的驯兽师一样"行动。至于英国的顶级厨师则关心更为庞大的事务：Marco Pierre White 在其自传 *The Devil in the Kitchen*（《厨房里的魔鬼》，London：Orion，2006）中试图在读者面前将自己塑造成"工人阶级英雄"。事实上，当他叫喊出诸如"纪律源自恐惧"（S. 150）等定理时，他的书确实可被视作对一种专断管理风格的辩护。此类例子还可参见 Gordon Ramsay 的 *Humble Pie:*

My Autobiography(《道歉派：我的传记》，London：Harper，2007），该书向读者确保"厨房里没有妈宝的位置"（S. 191）。作为对以上自吹自擂的厨房大男子主义的校正，以下这部或许最具文学趣味的厨师自传值得推荐：Gabrielle Hamilton，纽约东村 Prune 餐厅的女老板，在讲述其一生故事时，生动再现了她将餐馆视作简单享乐之理想地方的梦想，以及对餐馆工作及其压力的反感，例如，Hamilton 描写完厨房入口一具爬满蛆虫的老鼠尸体，马上接着写送她去出席"玛莎·斯图尔特脱口秀"的豪华轿车［Gabrielle Hamilton，*Blood, Bones, and Butter: The Inadvertent Education of a Reluctant Chef*（《血液、骨头与黄油》），New York：Random House，2012，S. 138—140］。Hamilton 的故事很特别，因为讲述的方式很特别。事实上，厨师的传记只不过是市场营销方案的一部分，方案的其他部分还涉及著名"主厨"名下的真实餐馆，涉及出版烹饪书、参加电视节目以及其他现身媒体的方式；参见厨师传记合集 *Chef's Story: 27 Chefs Talk About What Got Them Into the Kitchen*（《厨师故事：27 名厨师讲述投身厨房的故事》，由 Dorothy Hamilton & Patric Kuh 主编，New York：Harper Collins，2007），该合集亦只是营销方案的一部分（配合美国一档电视节目而出版），但在展现当今那些顶级厨师的生涯时并没有过分做神话化的渲染。

299 Jacques Pépin，*The Apprentice: My Life in the Kitchen*（《学徒：

我的厨房生涯》），Boston：Houghton Mifflin，2003.

300 Jean-Philippe Derenne, *Nouvelle Cuisine*（《高级料理》），载 *Encyclopedia of Food and Culture*，由 Somomon Katz 主编，New York：Scribner，S. 569—572.

301 Rick Bayless 位于芝加哥的多家餐馆大约可谓二十一世纪初期最佳最可靠的墨西哥风味餐厅。作为当今的顶级厨师，Bayless 并无墨西哥出身背景，他的培训开始于一个研究人类学语言学的博士项目，是针对墨西哥民俗文化的科学研究将他引向了墨西哥饮食。不过，Bayless 也指出了其他原因："我是一个爱好美食之家的第四代"（《厨师故事》，S. 33）。

302 Cailein Gillespie, *European Gastronomy into the 21st Century*（《21 世纪的欧洲美食》），Oxford：Butterworth Heinemann，2001，S. 164.

303 Joanne Finkelstein, *Rich Food：McDonald's and Modern Life*（《丰富的食物：麦当劳与现代生活》），载 *Resisting McDonaldization*，由 Barry Smart 主编，London：Sage，1999，S. 79（S. 70—82）。关于麦当劳公司的危机可以参见 Beth Kowitt, *Fallen Arches：Can McDonald's Get Its Mojo Back?*（《掉落的拱门：麦当劳能够重获魔力》），载 *Fortune*（2014.11.12），参见网址 http://fortune.com/2014/11/12/can-mcdonalds-get-its-mojo-back/（2015.10）

304 Harvey Levenstein, *Paradox of Plenty：A Social History of Eating in Modern America*（《富足的悖论：现代美国

的饮食社会史》), New York: Oxford University Press, 1993, S. 129—130.

305 关于快餐、市场营销以及美国政治的相互协作可以参见 Eric Schlosser, *Fast Food Nation: The Dark Side of the All-American Meal* (《快餐之国：全美式餐食的黑暗面》), New York: Houghton Mifflin, 2001; 德文版参见 *Fast Food Gesellschaft: Fette Gewinne, faules System* (《快餐社会：丰厚的利润，败坏的系统》), München: Riemann, 2003.

306 H. G. Parsa, John T. Self, David Nijite & Tiffany King, *Why Restaurants Fail* (《餐馆为何失败》), 载 *Cornell Hotel and Restaurant Administration Quarterly* 46/3 (2005), S. 315 (S. 304—322).

307 Alois Wierlacher, *Koch und Köchin als Kulturstifter* (《厨师作为文化捐助者》), 载 *Kulinaristik: Forschung-Lehre-Praxis*, 由 Alois Wierlacher & Regina Bendix 主编, Berlin: LIT, 2008, S. 375 (S. 358—378).

308 Jürgen Dollase, *Kulinarische Intelligenz* (《饮食智力》), Wiesbaden: Tre Torri, 2006.

309 Karl R. Popper, *Die offene Gesellschaft und ihre Feinde; Bd. I: Der Zauber Platons* (《开放社会及其敌人（第一卷）：柏拉图的符咒》)[1944], München: Francke, 1980, S. 236.

310 Alice P. Julier, *Meals: Eating In and Eating Out* (《三餐：吃进吃出》), 载 *The Handbook of Food Research*,

由 Anne Murcott, Warren Belasco & Peter Jackson 主编，London: Bloomsbury, 2013, S. 339; 342（S. 338—351）.

311　Popper,《开放社会及其敌人》, S. 268.

312　Spang,《餐馆》, S. 180.

313　Kuh,《高级料理的最后岁月》, S. 213.

314　此事发生于2011年科罗拉多的阿斯彭，参见 Chrystia Freeland, *Plutocrats: The Rise of the New Global Super-Rich and the Fall of Everyone Else*（《财阀：全球新式超级富豪的崛起与众人的没落》）, New York: Penguin, 2012, S. 112.

315　关于跨文化与饮食的文献资料多如牛毛。一部符合德国视角的标准之作可以参见 Maren Möhring, *Fremdes Essen: Die Geschichte der ausländischen Gastronomie in der Bundesrepublik Deutschland*（《异域食物：联邦德国的外国食物史》）, München: Oldenbourg, 2012. 关于特色食物的文献可以参见 Marin Trenk, *Döner Hawaii: Unser globalisiertes Essen*（《夏威夷烤肉：我们的全球化食物》）, Stuttgart: Klett-Cotta, 2015. 关于美国的中餐馆可以参见 Andrew Coe, *Chop Suey: A Cultural History of Chinese Food in the United States*（《杂碎：美国的中餐文化史》）, Oxford: Oxford University Press, 2009; 关于加拿大的中餐馆可以参见 Lily Cho, *Eating Chinese: Culture on the Menu in Small-Town Canada*（《吃中餐：加拿大小镇的菜单文化》）, Toronto: University of Toronto Press, 2010;

关于民族菜与城市发展的交互关系可以参见 *Gastropolis: Food and New York City*（《饮食之都：食物与纽约》），由 Annie Hauck-Lawson & Jonathan Deutsch 主编，New York: Columbia University Press，2009 [其中尤其精辟的是 Martin Manalansan 关于皇后区的案例研究：*The Empire of Food: Place, Memory, and Asian Ethnic Cuisines*（《食物帝国：乡土、记忆与亚洲民族菜》），S. 93—107]。以其他地区作为研究重点的可以参见 Rossella Ceccarini, *Pizza and Pizza Chefs in Japan: A Case of Culinary Globalization*（《日本的比萨与比萨厨师：一个饮食全球化的案例》），Leiden: Brill, 2011.

316　Möhring,《异域食物》, S. 28—35.

317　Stanley Fish, *Boutique Multiculturalism, or Why Liberals Are Incapable of Thinking about Hate Speech*（《精致的多元文化，或为什么自由主义者无法思考仇恨言论》），载 *Critical Inquiry* 23/2（1997）, S. 378—395.

318　Sharon Zukin, *Restaurants as Post-Racial Spaces: Soul Food and Symbolic Eviction in Bedford Stuyvesant*（《作为后种族主义场所的餐馆：贝德福-斯都维森的灵魂食物与象征性驱逐》），载 *Ethnologie Française* 44/1（2014）, S. 135—148；Möhring,《异域食物》, S. 466.

319　Panikos Panayi, *Spicing Up Britain: The Multicultural History of British Food*（《增味不列颠：不列颠食物的多元文化史》），London: Reaktion, 2008, S. 215—216.

320 Zachary W. Brewster, Michael Lynn & Shlytia Cocroft, *Consumer Racial Profiling in U.S. Restaurants: Exploring Subtle Forms of Service Discrimination against Black Diners*（《美国餐馆的消费种族剖析：针对黑人食客的微妙的服务歧视形式》），载 *Sociological Forum* 29/2（2014），S. 476—495; Zachary W. Brewster & Michael Lynn, *Black White Earnings Gap among Restaurant Servers: A Replication, Extension, and Exploration of Consumer Racial Discrimination in Tipping*（《黑白肤色餐馆服务员之间的收入差异：消费种族歧视在小费上的复制、扩展与探索》），载 *Sociological Inquiry* 84/4（2014），S. 545—569.

321 Elizabeth Buettner, *Going for an Indian: South Asian Restaurants and the Limits of Multiculturalism in Britain*（《为了一个印度人：不列颠的南亚餐馆与多元文化主义的界限》），载 *Curried Cultures: Globalization, Food, and South Asia*, 由 Krishnendu Ray & Tulasi Stinivas 主编，Berkeley: University of California Press, 2012, S. 141（S. 143—174）.

322 Robert Ji-Song Ku, *Dubious Gastronomy: The Cultural Politics of Eating Asian in the USA*（《美味美食：亚洲食物在美国的文化政策》），Honolulu: University of Hawaii Press, 2014, S. 13.

323 Jeffrey M. Pilcher, *Planet Taco: A Global History of Mexican Food*（《塔可星球：墨西哥食物的全球史》），Oxford: Oxford University Press, 2012, S. 17. 关于民族

餐馆之可靠性的具体个案研究可以参见 Jennie Germann Molz, *Tasting an Imagined Thailand: Authenticity and Culinary Tourism in Thai Restaurants*（《品味想象的泰国：泰国餐馆的可靠性与美食旅游》），载 *Culinary Tourism*，由 Lucy M. Long 主编，Lexington: University Press of Kentucky, 2004, S. 53—75.

324 Krishnendu Ray, *Global Flows, Local Bodies: Dreams of Pakistani Grill in Manhattan*（《全球流动，当地开店：曼哈顿的巴基斯坦烤肉梦》），载 *Curried Cultures*, S. 176（S. 175—195）.

325 Alexandros Stefanidis, *Beim Griechen: Wie mein Vater in unserer Taverne Geschichte schrieb*（《闻：我父亲如何在我们的小酒馆写故事》），Frankfurt am Main: Fischer, 2010, S. 252—253.

326 Spang,《餐馆》, S. 180.

327 Alfred Kölling, *Fachbuch für Kellner: Theorie und Praxis im Kellnerberuf*（《招待员手册：招待职业的理论与实践》），Leipzig: Fachbuchverlag, 1956, S. 5.

328 Elke Jordan & Thomas Kutsch, *The Lobby Restaurant in Cologne: A New Concept of Social Integration*（《科隆的大堂餐馆：关于社会融合的新概念》），载 *Poverty and Food in Welfare Societies*，由 Barbara Maria Köhler et al. 主编，Berlin: Edition Sigma, 1997, S. 300—301（S. 298—303）.

329 Howard S. Becker, *Art Worlds*(《艺术世界》)[1982], Berkeley: University of California Press, 2008, S. 36. Becker 认为艺术世界是相互协作的,艺术作品的产出并非孤立-天才式的,而需依靠一种合作网络,这个解释对于理解餐馆里的创意尤为有益。

330 Barbara Santich, *Restraurant*(《餐馆》),载 *The Oxford Companion to Food*,由 Alan Davidson 主编, Oxford: Oxford University Press, 2006, S. 661(S. 660—661).

331 Andrew P. Haley, *Turning the Tables: Restaurants and the Rise of the American Middle Class, 1880—1920*(《旋转餐桌:餐馆与美国中产阶级的兴起,1880—1920》), Chapel Hill: University of North Carolina Press, 2011, S. 12—13.

332 Paul Freedman, *Introduction: A New History of Cuisine*(《导言:饮食的新历史》),载 *Food: A History of Taste*,由 Paul Freedman 主编, London: Thames & Hudson, 2007, S. 18(S. 7—33). 关于处于美食与小吃之间的具体食物的模范个案研究可以参见 Malte Härtig, *Immer lecker: Über die Kultur der Pommesbuden im Ruhrgebiet*(《美味如常:鲁尔地区的薯条摊文化》),载 *Gastrosophical Turn: Essen zwischen Medizin und Öffentlichkeit*,由 Christian F. Hoffstadt et al. 主编, Bochum: Projekt, 2009, S. 43—57.

333 Jürgen Dollase, *Wenn der Kopf zum Magen kommt: Theoriebildung in der Kochkunst*(《当脑袋转向肠胃:厨艺的

理论建构》），载 *Essen als ob nicht: Gastrosophische Modelle*，由 Daniele Dell'Agli 主编，Frankfurt am Main: Suhrkamp，2009，S. 96（S. 67—99）.

334 Alois Wierlacher, *Kulinaristik—Vision und Programm*（《饮食学——远景与计划》），载 *Kulinaristik*, S. 4（S. 2—15）; Harald Lemke, *Genealogie des gastrosophischen Hedonismus*（《肠胃享乐主义的谱系》），载 *Essen als ob nicht*（S. 17—65）; Harald Lemke, *Über das Essen: Philosophische Erkundungen*（《关于吃：哲学探究》），München: Wilhelm Fink，2014.

335 Joanne Finkelstein, *Fashioning Appetite: Restaurants and the Making of Modern Identity*（《时尚食欲：餐馆与现代身份的形成》），New York: Columbia University Press，2014; Joanne Finkelstein, *Dining Out: A Sociology of Modern Manners*（《外出就餐：现代礼仪社会学》），New York: New York University Press，1991.

336 Pierre Bourdieu, *Die feinen Unterschiede: Kritik der gesellschaftlichen Urteilskraft*（《细微之别：社会判断力批判》）[1979]，Frankfurt am Main: Suhrkamp，2003，S. 25—26;

337 关于"吃货"之间的区别可以参见 Johnston/Baumann,《吃货》。

338 Tobias Döring, *Kulturlabor Küche: Kleiner Arbeitsbericht aus der englischen Literatur*（《作为文化实验室的厨房：

英语文学小报告》), 载 *Kulturen der Arbeit*, 由 Gisela Ecker & Claudia Lillge 主编, München: Wilhelm Fink, 2011, S. 52 (S. 51—64).

339 David Beriss & David Sutton, *Restaurants, Ideal Postmodern Institutions* (《餐馆, 后现代的理想机构》), 载 *The Restaurants Book: Ethnographies of Where We Eat*, 由 David Beriss & David Sutton 主编, Oxford: Berg, 2007, S. 1 (S. 1—13); 亦可参见 Brenda Gayle Plummer, *Restaurant Citizens to the Barricades!* (《餐馆公民去建路障!》), 载 *American Quarterly* 60/1 (2008), S. 23—31.

340 Hassoun, 《世界都市中的餐馆》, S. 10.

341 女性招待员的自传在此具有核心文本的功用。Debra Ginsberg 的 *Waiting: The True Confessions of a Waitress* (《等待: 一个女招待员的真实告白》, New York: Harper Collins, 2000) 反映了服务员工作 (作为一种看似只是过渡性工作的职业) 与一个女性的自我认同 (长年累月在餐馆里服务) 之间的紧张关系。与 Ginsberg 的自传相反, Phoebe Damrosch 的 *Service Included: Four-Star Secrets of an Eavesdropping Waiter* (《包括服务: 一个窃听服务员的四星级秘密》, New York: William Morrow, 2007) 则从一个作为所谓内部人的招待员的视角, 带人领略顶级餐饮所达到的高端境界及其对组织与媒体方面的要求。Steve Dublanica 的自传 *Waiter Rant: Thanks for the Tip—Confessions of a Cynical Waiter* (《服

务员的胡言乱语：谢谢建议——一个愤世嫉俗的招待员的告白》，New York：Harper Collins，2008）是由一个热门博客的文章合编而成，讲述了一个招待员在普通餐馆里的生活，而在其服务工作的背后隐藏着玩世不恭与战斗精神。Dublanica 对男性招待员内心的窥视打开了往往由女性占主导的服务行业不为人知的一方领域。服务工作与男性主义在 Thomas Mann 的 *Bekenntnisse des Hochstaplers Felix Krull：Der Memoiren erster Teil*（《大骗子克鲁尔的自白》，Frankfurt am Main：Fischer，1954）以及 Alain Claude Sulzer 的小说 *Ein perfekter Kellner*（《一个完美的招待员》，Zürich：Epoca，2004）之中亦有微妙的表现。E. A. Maccannon 关于 1904 年的自传描写还带来了一种迷人的可能，即看到招待员对自身身份完全不同的认知：非裔美国黑人的高级招待员自视为"餐厅指挥官"，赋予自己无限的权威，而当时仍值二十世纪初，他们的权利在餐馆之外不停受到侵害（E. A. Maccannon，*Commanders of the Dining Room：Biographic Sketches and Portraits of Successful Head Waiters*《餐厅指挥官：成功的领班招待员的自画像》，New York：Gwendolyn，1904）。

通过更多关于餐馆的"真实故事"可以形成更全面的图景。首先值得一读的是 Christophe Blain 关于顶级厨师 Alain Passard 及其高品质蔬菜菜肴的图像小说 *In der Küche mit Alain Passard*（《与 Alain Passard 共处厨房》，Berlin：Reprodukt，2013），Passard为小说搭配了菜谱，但更重要的是Blain用笔画出了创意做菜的过程以及菜品与创作想法之间的联系；厨师有时像偏执的天才，有时又满脸惊奇。类似的表现深度同样见于那些码字的作家——当他们长时间怀着巨大的好奇关注美食世界时，其中的杰出代表当推美国人Michael Ruhlman，他关于餐馆厨房或美国烹饪学院的扣人心弦的报告文学融合了真实细节与共情，表现了处于极端体力要求与完全不同的媒体需求之间的厨师生活［*The Making of a Chef: Mastering Heat at the Culinary Institute of America*（《成为主厨：在美国烹饪学院掌握热度》），New York：Holt，1997；*The Soul of a Chef: The Journey Toward Perfection*（《主厨的灵魂：完美之旅》），New York：Penguin，2001；*The Reach of a Chef: Professional Cooks in the Age of the Celebrity*（《主厨到来：名人时代的专业厨师》），New York：Penguin，2007）。类似的项目参见Leslie Brenner对纽约"丹尼尔"餐厅的长期观察［*The Fourth Star: Dispatches from Inside Daniel Boulud's Celebrated New York Restaurant*（《四星：纽约"丹尼尔"餐厅的内部来信》），New York：Three Rivers，2002］。美食评论家出版合集时，往往喜欢冠之以充满野心的标题，比如Jay Rainer的 *The Man Who Ate the World*（《吃遍世界的人》，London：Headline，2008），或Jeffrey Steingarten的 *The Man Who Ate Everything*（《遍尝一切的人》，London：

Headline, 1999)。Steingarten 还在书中生动记录了他在纽约专业服务学校的经历,他在其中参与了一个招待员培训课程。《纽约时报》的美食评论家享有着无上的权力,这一点同样体现在他们的传记或文章合集中,每处细节都被赋予了意义,例如 Frank Bruni 的 *Born Round: The Secret History of a Full-Time Eater*(《出生回合:全职吃客秘史》)提出了一个令人动容的问题,即重量级的记者如何处理美食评论任务。Ruth Reichl 的自传 [*Garlic and Sapphires: The Secret Life of a Critic in Disguise* (《大蒜与蓝宝石:伪装评论家的秘密生活》), New York: Penguin, 2005] 更具表现力与挖掘性,尤其是涉及顶级餐饮的区别机制时。

343 Paul Stoller, *The Taste of Ethnographic Things: The Senses in Anthropology* (《民族之物的味道:人类学的感觉》), Philadelphia: University of Pennsylvania Press, 1989, S. 155.

344 Carolyn Betensky 言简意赅地批评了那些转变角色与阶层的观察家(比如奥威尔、艾伦瑞克),认为这些观察家作为叙述者的英雄主义反而阻碍了对社会不公提出具有新意的、要求做出结论的质疑,参见 Carolyn Betensky,〈Princes as Paupers: Pleasure and the Imagination of Powerlessness〉(《贫穷的王子:快乐与无力的想象》),载 *Cultural Critique* 58 (2004), S. 153 (S. 129—157);亦可参见 Mark Pittenger, *Class Unknown: Undercover*

Investigations of American Work and Poverty from the Progressive Era to the Present（《未知的阶层：探秘进步时代至今的美国劳动与贫穷》），New York：New York University Press，2012.

345 本书受益于近期受到热烈讨论的一些描写蒙太奇般文化故事的文章［例如 Hans Ulrich Gumbrecht，*1926: Ein Jahr am Rand der Zeit*（《1926：时间边缘的一年》），Frankfurt am Main：Suhrkamp，2001，或者 Florian Illies，*1913: Der Sommer des Jahrhunderts*（《1913：世纪之夏》），Frankfurt am Main：Fischer，2012］，但激发作者采取蒙太奇处理方式的灵感则更多来自约翰·多斯·帕索斯令人难望项背的小说 *Manhattan Transfer*（《曼哈顿中转站》）［1925］，London：Penguin，1986；德文版 *Manhatten Transfer*，Reinbek：Rowohlt，1966），该书既将蒙太奇用作生动再现现代感觉的方式，又用它来表达与反映一个有着清晰界限的空间内的社会不公。

346 David Shields，*Reality Hunger: A Manifesto*（《饥饿现实：一个宣言》），New York：Knopf，2010，S. 60；德文版参见 *Reality Hunger: Ein Manifest*（《饥饿现实：一个宣言》），München：Beck，2011，S. 67.

347 感谢以下人员与场所的鼓励与支持：Alexander Dunst，Grace Hale，Youming Hu，Kathrin Kasperlik，Andreas Knop，Jürgen Martschukat，Brad Prager，讨论课"阅读餐

馆"的全体参与者（帕德博恩大学），莱茵石咖啡馆（柏林），Ina Schermuly，Elmar Simon（帕德博恩市的巴尔塔萨餐厅），卡巴纳小吃店（莫莱杜海岸），Miriam Strube，William Wylie.